Семён Каминский

insignificant books

Рассказы и очерки
Семёна Каминского
с рисунками
Андрея Рабодзеенко

«Орлёнок»
на американском газоне

Чикаго
2010

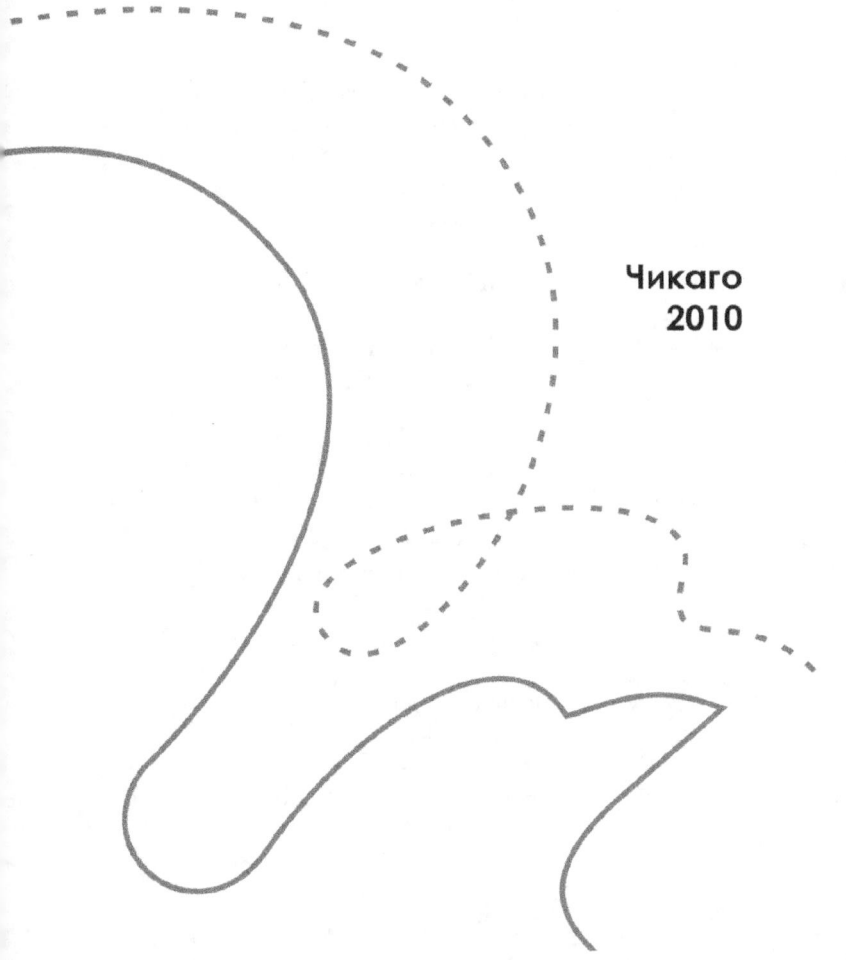

Simon Kaminski
«Orlyonok» on an American Lawn
Short stories
with drawings by Andrei Rabodzeenko

Copyright ©2010 by Simon Kaminski
Copyright ©2010 by Andrei Rabodzeenko

Cover and design
by Andrei Rabodzeenko

The book is a collection of lyrical, humorous short stories (and essays) about the latest wave of Russian immigration to America, and the characters spanning several generations of the Soviet and post-Soviet eras in Russia and in Ukraine.

ISBN: 978-0-615-27316-7

Insignificant Books
Chicago, Illinois, USA

Printed in the
United States of America

Семён Каминский
«Орлёнок» на американском газоне
Рассказы и очерки
с рисунками Андрея Рабодзеенко

В книге помещены лирические, юмористические рассказы и очерки о последней волне русской иммиграции в Америку, а также о героях разных поколений советской и постсоветской эпох в России и на Украине.

Оглавление

Банальные истории?

Предисловие

Когда-то давным-давно, когда Страна Советов взялась строить коммунизм, на граждан этой страны коммунистическая власть стала смотреть не как на людей, а как на средство достижения «великой цели».

Что там какая-то любовь? Мещанство!

Что там какие-то «низкие» (не общественные, не государственные) мечтания простого человека? Детский лепет!

Что там какие-то его житейские открытия? Дилетантство!

Коммунистическая власть думала, что она все про всех знает. И рецепт счастья – единый для всех людей – знает. Удивительно, но эти заблуждения бытовали во власти не только на заре строительства коммунизма. Даже в период "оттепели" начала 60-х Хрущев официально заявил, что выступать против советского строя могут только «сумасшедшие, психически больные люди».

Почему этих «сумасшедших» к закату Страны Советов стало так много? Почему столько «советских» людей мечтало эмигрировать из СССР? И почему они эмигрировали, как только представилась такая возможность?

Потому что в душе эти люди никогда не верили в «светлое коммунистическое будущее» и лишь вынужденно принимали правила игры.

Именно такие персонажи и стали героями рассказов Семёна Каминского – автора, оставшегося жить в США уже после перестройки и краха Страны Советов. Персонажи грустные и радостные, умные и глупые, удачливые и не очень. Но самое главное – не «средство», не «кирпичики коммунистического строя» – люди. Люди!

В этих рассказах нет призывов и крикливых идей, навязчивых диагнозов и рецептов «от всех болезней». Кажется, что эти истории текут, как сама жизнь. Медленно, быстро, с перерывами... Читая их, ощущаешь ценность и хрупкость мгновения жизни, в котором находишься. Вспоминая их, улыбаешься смешным человеческим конфузам или сожалеешь о несбывшихся человеческих мечтах.

«Жизнь его катилась холодным металлическим шариком, пущенным когда-то тугой пружиной детского настольного бильярда: он громко бьётся о препятствия – всяческие железные прутики и заслонки, тут и там натыканные на игровом поле; постепенно слабеет его скорость; он бесполезно выскакивает из луз с большим количеством очков и в конце просто выкатывается на пустой желобок внизу игры, так ничего и не выиграв...».

В жизни нужно что-то выиграть? А, может быть, сама жизнь – уже выигрыш?

«И побежала дальше молодая Венькина жизнь, но, похоже, осталась бродить в организме какая-то не выявленная врачами отрава, потому что ещё много лет спустя запах скошенной травы и сена будет остро мучить его в городских скверах и парках, и, особенно, в загородных поездках, вызывая тошноту, тревогу и отчаяние, вместо желания вдохнуть, как говорится в песнях и стихах, этот зов полей полной грудью».

Почему так часто что-то приятное и доброе превращается в горькое и злое, отравляя жизнь? И не наши ли поступки способствуют этому превращению?

«Ну, и зачем было рассказывать эту банальную историю? – скажете вы. – Что в ней такого интересного? И конец был заранее известен...».

Действительно, зачем писать о том, что всем давно известно, что происходит с каждым вторым (или третьим) человеком?

А зачем каждое лето цветут и радуют глаз людей ромашки, колокольчики? Отцветают и вянут? Зачем люди рождаются, взрослеют... но потом, в конце концов, все равно умирают? У кого есть ответы на эти вопросы?

Точно так же, как ромашки и колокольчики, рассказы Каминского вызревают где-то в глубине сознания автора и благодаря его литературному таланту выплескиваются в сознания читателей. Чтобы кого-то, может быть, снабдить чужим, но необходимым опытом, кого-то подтолкнуть к ностальгическим воспоминаниям, а кого-то просто порадовать своей сдержанной стилевой красотой.

И главное в них – точность передачи ощущений жизни, верность и естественность найденных слов, но я знаю, как не просто добиться в литературном произведении этой естественности. У Каминского она складывается из ощущений мужа, которого «проехала» жена, из страха «хилого очкарика, освобожденного от «физры» еще с 5 класса», из замешательства пацана, который не сразу понял, «куда попала его левая рука», из «влажного, и не только от пота» сна, в котором «цветастое платье снова прилипало к ногам», из случайно услышанных в аэропорту не нормативных реплик молодой стильной женщины... Вот они (а в рассказах вы найдете и многие другие) — «конструктивные» детальки авторского языка, помогающие нам ощутить полную реальность созданного им мира.

В искусстве есть направления (и их приверженцы) постоянно стремящиеся к экспериментам, к конъюнктурной новизне форм, к эпатажу зрителей и читателей. Каминский не только не эпатирует никого, но и, как будто, стесняется написанных строчек, хочет раствориться в них, исчезнуть, уйти в тень, «остаться за кадром».

Наверно, поэтому автор настоящей книги, не выпячивающий своего «Я», не стремящийся навязать «идею» и не вбрасывающий в сознание читателя очередную утопичную теорию про устройство Вселенной, мне особенно симпатичен, хотя мне не пришлось пока встретиться с ним лично.

А вот с иллюстратором этой книги, американским художником Андреем Рабодзеенко я познакомился ещё в далеком 1985 году, когда мы, одинаково обритые «под ноль», проходили курс молодого бойца. С тех пор мир неузнаваемо изменился, но наше желание совместного — иногда с яростными, до утра, спорами — творческого познания жизни сохранилось в том самом «армейском» виде.

И Атлантический океан, который сейчас между нами, этому не помеха.

В журнале «БЕГ» в 2007 году я опубликовал большое интервью с Андреем. Его провела известная петербургская поэтесса и тележурналист Елена Елагина. Позволю себе привести небольшой отрывок этого разговора:

Елагина: Как ни странно, мы живем в ситуации колоссальной избыточности и самих творцов (все пишут стихи, музыку, картины) и их творений: всего слишком много. Как водится, любая избыточность ведет к девальвации. Как с этим быть? Видишь ли ты какой-нибудь выход из этого тупика?

Рабодзеенко: Делать хорошее, ценное, вечное... гениальное. Поверь, эта ниша — свободна. Приди и займи ее. Тебя сразу встретит восторженная делегация: «Добро пожаловать! Мы вас давно ждем!»

Мне кажется, что эта книга — сотрудничество писателя и художника — очередной творческий шаг в направлении такой «свободной ниши».

Хочу пожелать и Семёну Каминскому, и Андрею Рабодзеенко безостановочного движения к ней.

Читайте «банальные» истории, дамы и господа!

Владимир Хохлев,
Главный редактор журнала «БЕГ»,
Союз писателей России,
Санкт-Петербург, 2008

Рассказы

Саша энд Паша

Паровозом у них была Саша: грин-карту выиграла — она, хлопотала и за документами выбегала бесчисленные инстанции — тоже она. Даже таможенники в аэропорту их родного города, когда вылетали в одну из европейских столиц, чтобы там пересесть на рейс в чикагский аэропорт О'Хара, сразу же определили, кто в семье главный, и за взяткой обратились именно к ней, а не к Паше. Так ей и сказал один из них — разбитной мужичок средних лет, с прозрачными глазами и намерениями: «Вы — главная в семье? Пройдите, пожалуйста, сюда...» — и завёл в комнату с какими-то металлическими стеллажами по стенам. Так эти серые стеллажи и остались у неё в памяти, как последняя картина родины. И мужичок - тоже, конечно.

— Понимаете, — говорит он, так вразумительно, — согласно американским требованиям, мы должны сейчас вскрыть все ваши чемоданы и баулы и тщательно всё проверить. Это займёт очень, ну, очень много времени, и упаковочку вашу всю нарушит, и на посадку, не дай бог, можете опоздать... А если вы пожертвуете двадцать долларов (так и сказал, «долляров») на пользу таможни, мы сейчас весь ваш багаж опечатаем нашими самыми серьёзными печатями – и никто его больше досматривать не будет, ни на пересадке, ни в Америке...

Саша так и сделала – дала ему эти двадцать баксов. Он их рассмотрел, вежливо поблагодарил, спрятал. Вернулись они в общий зал, где возле многочисленной поклажи околачивались Паша с Ксюшей, а дальше – как по маслу. Таможенный мужичок не обманул: баулы запечатали и действительно больше нигде по дороге не открывали. И к «пограничнице» их подвёл, громко так, ответственно ей сказал: «Это – хорошие люди, всё у них в порядке». Та, видимо, поняла: понаставила печатей, почти без вопросов, быстро и учтиво. Саше так приятно стало, что всего-то за двадцатку у них «всё» стало в порядке! Если б на самом деле – всё...

Короче, проехали. И дальше их семейный паровоз продолжал тащить свои два вагона по путям новой родины. Первую квартиру в ортодоксальном еврейском квартале, где по традиции купно селились наши соотечественники независимо от их национальности, нашла и сняла Саша – через свою школьную подругу Маринку, прожившую в Штатах пять лет. И новые нужные американские бумажки снова оформляла Саша – Павел по-английски знал пока только «thank you very much» и «what time is it?», потому как в школе изучал немецкий и «тысячи» в институте сдавал также на нём. Да и что Паша? Он и дома был всего-навсего товарным вагоном — ведомый и хорошо управляемый.

Саша познакомилась с ним в секции бодибилдинга. Сама она большой крепостью организма не обладала, скорее совсем наоборот: миниатюрная, личико — узенькое, лисье, правда, вовсе недурное, волосы — неопределённо русоватого оттенка, лёгкие и ломкие. Но сила её была в тяге, в устремлениях. И когда она, к двадцати пяти годам, поставила себе задачу — найти жизненную опору, то по библиотекам, конечно, расхаживать не стала: муж должен был быть, по определению, крепким и выносливым. Очень интересно выглядела хрупкая девушка среди «качков»: Паша нашёлся — вместе со своим накачанным торсом — и подошёл знакомиться уже на первой неделе её занятий в секции. После чего эти занятия вскоре можно было и прекратить… Проехали!

Из занюханного заводского КБ она быстро заставила его уйти, ему было определено другое поприще — фотографа. Зимой — ёлочного, дедоморозного, летом — курортного и круглогодично — свадебного. Заработки пошли просто замечательные, можно было и ей перестать юбку на работе просиживать, и квартиру купить (ну, в микрорайоне, не в центре, но тоже неплохо), и Ксюшку завести. А через четыре года новая идея — Америка! И очень зря все знакомые и свекровь зудели, мол, «будешь ты в Америке — на зелёном венике»! Вот они — Саша, Паша и Ксюша — сейчас гуляют по Мичиган Авеню и американские пончики-«донатсы» жуют... Пончики – это, впрочем, чепуха (проехали!), надо дальше двигаться, к другой остановке... Тут Ксюша прилипла к уличной витрине туристического агентства «Эпл вакэйшн»: томная дама в тёмных очках и бикини лежит на надувном матрасе в перламутрово-бирюзовом бассейне и потягивает коктейль из бокала с маленьким радужным зонтичком, а на заднике – сказочные пальмы и море... Агитка, конечно, но красиво. Вот и она – Сашина следующая остановка.

Но до этой остановки опять были полустанки: поскучнее и пострашнее. Сначала – маленькая двухдверная «Хонда Сивик» (очень старенькая, но без машины здесь никак). Потом – бесплатная школа английского для неимущих, а параллельно – Пашу на работу пристроить, потому что привезённые с собой десять тысяч уже на исходе. Фотографы тут никакие, конечно, не нужны. Пошёл в небольшой цех к русскому хозяину: нажимать ногой (по двенадцать часов) на педаль пресса – штамповать платы для мобильников. Работа тупейшая, за целый день – десять слов с соседями по конвейеру, и заработок не велик, но на еду и квартиру хватало. А Саша, после полутора лет школы – на курсы по программированию... Подходил двухтысячный год со своими тремя ноликами, и в Америке началась компьютерная истерия – на работу требовалось всё больше и больше специалистов, чтобы срочно переделывать и проверять коды на наличие в них правильных дат. (А то вдруг 1 января 2000 года от этих ноликов компьютеры с ума сойдут – и Мистер

Американский Бизнес сдохнет!) Поэтому устроиться на работу программистом с высокой стартовой зарплатой можно было и без хорошего английского, и без большого опыта, а липовые рекомендации давали сами программистские школы. Как говорили Сашины учителя: нужно придумать себе рабочую историю, резюме – и, главное, во всё это самому поверить.

– Я по трупам пойду, – патетично провозглашала уже хорошо расслабившаяся Саша, когда они, наедине с Маринкой, обсуждали свои женские американские жизни, при участии двух больших бутылок «сухаря». Обычно они расслаблялись в отсутствие Паши, сидя на матрасе, постеленном прямо на полу в съёмной квартире, где, кроме двух матрасов (одного двуспального и другого – поменьше, для Ксюшки), пожилой тумбочки с телевизором, трёх уродливых стульев, выброшенных соседями, и кухонного стола, половину которого занимал компьютер, ничего не было.

– Вот ты, Маринка, уже столько лет здесь маешься, всё учишься в своём «калледже» – что толку? Где «бойфренд»-американец? Где хорошая работа? Вкалываешь в этом сраном магазине за шесть пятьдесят в час? Нет, я по трупам пойду... – повторяла Саша, выливая остатки вина в чашку.

Работу она искала – как ходила на работу. Ксюшку – к соседям, то к одним, то к другим, благо, много русских вокруг. На личико – чуток краски; на тело – строгий, простенький, единственный, но очень аккуратный чёрный костюмчик; в ручки – пластиковую папочку с резюме, которое сочинили специалисты (отнюдь не бесплатно); в зубы — заученный десяток английских выражений; в «Хонду» или на «сабвэй» — и на интервью, иногда по два раза в день.

Она научилась производить впечатление в своей монолитной уверенности и знании предмета. Если её спрашивали о чём-то и Саша не имела представления, как ответить, — а случалось это частенько, — она, выразительно глядя собеседнику прямо в глаза, размеренно тянула что-то ничего не значащее, типа: «Actually[1]...»,

«I think[2]...» или совсем пробивное: «What do you mean by that?[3]». Далее следовала, естественно, пауза, но собеседник сам почему-то начинал заполнять возникшую после этого тишину, ощущая неловкость оттого, что, видимо, задал какой-то бестолковый вопрос и именно поэтому она затрудняется с ответом...

В общем, первое предложение подвернулось достаточно быстро — всего два месяца массированного поиска. В соответствии с нарисованными в резюме опытом и знаниями, ей предложили сделать новый проект для консалтинговой компании. Срок — шестнадцать недель, и работать можно было дома! Скажите, везение? Может быть. Только как этот проект сделать — она и понятия не имела, когда сказала им «yes»...

Начался новый, сверхскоростной поиск того, кто знает, как это сделать. Порекомендовали дорогого, но знающего Михаила. Саша приехала к

---

1 Фактически, в настоящее время (англ.)
2 Я думаю (англ.)
3 Что вы имеете в виду? (англ.)

нему вечером, и скромный таунхаус в пригороде показался ей дворцом, а Михаил — лысоватый и значимо медлительный — крутым специалистом. Старательно поддерживая это впечатление, он не спеша провёл её в небольшой кабинет с компьютером и выслушал долгие, детальные объяснения.

— Всё это сделать можно, — так же неторопливо, как бы нехотя, произнёс он, — но это будет дорого стоить...

— А денег у меня пока нет, — попробовала игриво улыбнуться Саша.

— Ну, деньги они вам по контракту заплатят, и вы тогда заплатите мне... половину того, что получите... — Михаил пристально смотрел Саше в глаза. — А в качестве аванса...

Не отводя от неё взгляда, он протянул руку к красивой бутылке коньяка, стоящей, как оказалось, на соседнем столике:

— Я, думаю, мы договорились?

— Договорились, — Саша внутренне крепко зажмурилась, но внешне чуток покраснела…

«Другого нет у нас пути,
  В руках у нас винтовка».

Контракт был сдан вовремя, и денег заплатили много. Даже половина — это было очень хорошо. Потом срослось ещё несколько контрактов: и работа, и Михаил — продолжались. Саша решила, что и Паше надо учиться, и теперь он мог покинуть свой ножной пресс. Выучился на техника по обслуживанию кондиционеров — здесь это тоже верный заработок.

Денег становилось всё больше, купили новые машины и новый дом – тоже очень большой. Уже был и бассейн в Мексике, и море на Карибах, и коктейли в круизах.

Маринка теперь появлялась у них редко. «Завидует», – усмехалась Саша.

Через год, с опытом нескольких проектов, Саша перешла в другую компанию, потом – в следующую… Оказалось, что Михаил не так уж много знает, да и делает всё, как известно, чересчур медленно, и теперь она может обходиться совсем без него… Проехали!

Подбор новых партнёров для новой жизни у Саши продолжался ещё пару лет, но однажды, очень жарким и влажным летним вечером, когда ничего не ведающий Паша вернулся домой после рабочего дня из определённого ему зимнего мира компрессоров и фреона, вдруг прозвучало – без интонаций, как закадровый голос в дублированном на русский язык зарубежном кино:

– Знаешь, у меня есть другой человек… Я не буду возражать, если ты снимешь квартиру и переедешь от нас жить. Ксюшу будешь видеть сколько захочешь… – Кто этот другой – Саша и объяснять не стала.

Потерянный Паша пробовал что-то мычать, помыкался по знакомым, рассказывая подробности, но все и так знали, что к чему: вот и его проехали…

– Ну, и зачем было рассказывать эту банальную историю? – скажете вы. – Что в ней такого интересного? И конец был заранее известен…

Согласен, скажу я, много нас — проживающих свои собственные банальные истории с заранее известным концом... Так что даже не знаю, зачем я всё это тут нагородил. Может, потому, что в прошлый выходной я случайно встретил Пашу в торговом центре? Он говорит, что всё у него «окей», он работает, в свободное время самозабвенно поёт в русском народном хоре при православной церкви. И Ксюша, вместе с двумя подружками-американками, была с ним — такая взрослая... Только уже не очень хорошо говорит по-русски... впрочем, зачем ей здесь русский? Про Сашу он ничего не сказал, а я и не спрашивал.

Вокруг нас шуршали, лопотали голосами и мобилками, мелькали всевозможными оттенками джинсовой ткани, формой и цветом воскресных лиц жители благополучного чикагского пригорода, и в этом шумовом потоке, под высоким, прозрачно-невесомым потолком, среди десятков модных мелодий из дверей зовущих магазинов и магазинчиков мне всё слышалось бравурно-воинственное... нет-нет, смешно, уж это никак не могло прозвучать здесь...

«Наш паровоз, вперёд лети...»

День Всех Святых

Давайте знакомиться. Меня зовут Саймон. Нет, нет! Я родился не в Америке. Разве вы не слышите, как я произношу на русском звук «г»? Совершенно верно – приехал с Украины. И всего 10 лет тому назад. Так что это горловое «г» уже навсегда останется в моей речи. Известно, что многие из нас, живущие в Америке, поменяли здесь имена, а кое-кто и фамилии, чтобы избежать проблем с произношением этих самых имён и фамилий коренным населением. Вот так наши Семёны благополучно превращаются здесь в Саймонов, Светлан называют Ланами, Саши становятся Алексами, Володи – Владами, Жени – Джинами... И проблемы могут быть не только с произношением. Например, невинно звучащее имя «Семён» в моем загранпаспорте, выданным украинским ОВИР'ом в середине 90-х, выглядело как Semen, что по-английски означает, простите, сперму... Поистине, прощальная проделка этой милой организации перед нашим выездом, хотя и не осознанная её работниками. Я же здесь долго не мог понять, почему аборигены как-то странно напрягаются, когда видят или произносят моё имя. Не улыбаются, нет. Видимо, терпят, чтобы не рассмеяться. Хорошо воспитанные люди. Представьте себе, как бы у нас ржали в подобном случае!..

Менеджера нашего отдела звали Бэн. Бэн Вилсон. Американец в третьем поколении, шведского происхождения. Типичный викинг с рублеными чертами и такими большими залысинами, что лицо казалось бесконечным. Когда работы было мало, он начинал изображать лояльность и интерес к подчинённым – все остальные четверо сотрудников отдела были эмигрантами, натурализованными в течение последних пяти-шести лет. Лояльность и интерес шефа заключались в том, что он, неожиданно останавливаясь у рабочего места одного из нас, подробно расспрашивал про семью, хобби, привычки и национальные особенности страны происхождения. Обычно это обсуждение было достаточно громким, так что и все остальные в конце концов постепенно ознакомились с тонкостями индийской, польской и русской культур, потому что именно к этим народам и принадлежали. Особое внимание уделялось традициям в еде, но иногда Бэн пытался заучить и какие-то слова на родном языке коллеги, видимо, чтобы таким образом сделать подчинённому приятное.

– Саймон, не говори ему никаких ругательных слов на русском, – конфиденциально посоветовал мне как-то аскетичный поляк Зденек. Со Зденеком мы всегда беседовали на английском, так как я польского не знал, а он, хотя и учил русский в школе и понимал его довольно сносно, говорить бегло по-русски не мог.

— А что делать, если он постоянно спрашивает, как сказать по-русски «задница» или «дерьмо»? — наивно спрашивал я.

— Делай что хочешь, — как всегда несколько загадочно отвечал Зденек, — но ничего хорошего не получится...

Впрочем, совет Зденека запоздал. За несколько дней до этого я уже успел перевести для Бэна слова «shit», «ass» и «good-bye», и даже записал прямо в его настольном календаре латинскими буквами: «govno», «zhopa» и «do svidaniya» — с ударениями, для удобства заучивания. Ну не мог же я отказать начальнику, если тот просит? Я был последним из пришедших работать в отдел мистера Вилсона, так что всех премудростей поведения ещё не знал...

Приближался Хэллоуин, День Всех Святых. Мы получили ежегодные открытки от Бэна с приглашением принять участие вместе с нашими семьями в его домашней вечеринке. Причина вечеринки, помимо Хэллоуина, в этом году была особенная — Бэн приглашал нас посетить его новый дом, который он купил всего несколько месяцев назад в пригороде Чикаго.

Из нашего соседнего пригорода мы с женой и детьми добирались к Бэну больше часа — неожиданно для нас. Район у него был совершенно новый, и хотя бардака, оставляемого после стройки в России, здесь, конечно, нет (и дороги заасфальтированы, и мусор вывезен, и даже газон рулонами травы застелен), всё-таки указатели улиц ещё не совсем точно указывали туда, куда нужно. И спросить, естественно, совершенно не у кого — в американских пригородах на улицах, как водится, никого не встретишь, а на ближайших заправочных станциях названий новых улиц ещё не знают. Поэтому мы довольно долго искали его двухэтажный дом среди таких же новеньких типовых домов, покрытых белыми алюминиевыми облицовочными полосами, перезванивая Бэну из машины несколько раз.

И вот мы прибыли. Типичная семейная хэллоуинская вечеринка — в полном разгаре. Взрослые дяди и тёти в масках и костюмах всевозможных тварей, колдунов, ведьм и нескольких «элвисов пресли», толкутся в просторной гостиной, соединённой с кухней, где на столах — три-четыре большие тарелки с чипсами пяти сортов, соусы и нарезанные фрукты. Дети, также в костюмах, в количестве, достаточном для сформирования нескольких групп детского сада, ошалело и непрерывно мотаются под ногами по лестницам, ведущим на второй, спальный, этаж, и в подвал, где устроен игровой зал. Среди них, особенно умилительно выглядят самые маленькие — пчёлки, покемончики, пиратики, винни-пухи... Мы — без маскарадных костюмов — почувствовали себя голыми в этом радостном дурдоме...

В пустом гараже на три машины — холодильник и импровизированная стойка с напитками. В основном это упаковки бутылочного пива, но есть кое-что и покрепче — к скромному отряду ихних скотчей и бурбонов мы добавили бутылку нашенской «Столичной», которую принесли с собой. Впрочем, похоже, что все пьют только пиво. Самообслуживание полное: пить и есть никому особенно не предлагают, берите, мол, что хотите, делайте что хотите...

Очень полная жена Бэна, Кэрол, в коротенькой юбочке Дороти из Страны Оз и с младшим сыном на руках, едва удостоила нас приветствием, зато сам хозяин, в виде капитана Крюка, в длинном чёрном парике, надёжно закрывающем его лысину, честно провёл экскурсию по своему новому жилищу, а затем в гостиной представил нас двум пожилым породистым собакам... Простите, пожилым людям с породистыми лицами, в костюмах собак-далматинцев: черно-белых, пятнистых, сильно облегающих, блестящих. Костюмы просто замечательно шли к их седине. Это были его родители. Знакомясь, Джон, отец Бэна, тут же сказал:

— А, вы — тот самый русский, который работает у моего сына... Теперь я понимаю, что именно вы и принесли бутылку «Столи»! А я ещё подумал, кто бы это мог принести такую дорогую водку? — так что наш презент, оказывается, не остался незамеченным.

Мы побеседовали с ними о России, о Питере, где они собирались побывать следующим летом, во время европейского круиза. О нравах, о том, как вести себя там американцу...

Несколько часов пробежали незаметно, и мы собирались тихо ускользнуть восвояси, но Бэн неожиданно заметил наш порыв и вышел на улицу проводить. Было видно, что он уже принял свои одиннадцать-двенадцать бутылок пива: крепко поддатый, но старательно держится. Вот только как-то странно и довольно необычно сосредоточен на чём-то внутри себя, как будто пытается что-то вспомнить... Он пожал нам с женой руки, похлопал моих сыновей по плечам — и мы стали переходить дорогу к нашей машине, запаркованной на другой стороне неширокой улицы, погружаясь в свежий вечерний осенний воздух. А вокруг — сказка: ярко иллюминированные дома, окружённые разноцветными надувными чучелами и привидениями, отголоски негромкой танцевальной музыки хеллоуинских вечеринок...

— Саймон! — вдруг громко и радостно завопил Бэн нам вслед, видимо, наконец-то вспомнив то, что пытался вспомнить, — Саймон, go-vno!.. Govno!..

Как Владимир Семёнович спасал нас

Tope

Конец шестидесятых. Длинные волосы, брюки из хлопка с лавсаном со строго измеряемым клешем (25 сантиметров, не меньше!), семиструнные гитары и Высоцкий. Моя гитара (Черниговская музыкальная фабрика, 12 руб. 50 коп) достаётся мне по огромному блату («от дяди Иосифа»), она тяжелая, темно-красная с желтым подпалом. Гриф ужасно неудобный, струны стоят очень высоко и прижимать их трудно, но неожиданно оказывается, что его можно поднять повыше просто с помощью ключа от больших чёрных часов, стоящих на секретере в гостиной. Струны, вместо обычных металлических, вскоре удаётся раздобыть нейлоновые – это тоже большой дефицит.

Я холю гитару – зачем-то натираю какой-то вязкой, крепко пахнущей полиролью для дерева, найденной у мамы в кладовке, борясь таким образом с существующими и несуществующими царапинами на её прекрасных боках. Я не расстаюсь с ней почти никогда, даже таскаю за собой в школу, но не днем, а на внеклассные посиделки. Уже выучены пять «главных» аккордов – «звёздочек» в ре-миноре и несколько вариантов «боя» правой рукой. Высоцкий с бобин заучен в страшном количестве, песен двести, не меньше. Всем нравится, и я всегда и везде в центре внимания, причём взрослые, на удивление, принимают это с не меньшим энтузиазмом, чем мои ровесники. Это внимание окружающих к себе сильнее и приятнее даже портвейна и сигарет, уже неоднократно опробованных, поэтому дурные привычки совершенно ко мне не прилипают. Только шальные песни, жёсткие мозоли на пальцах, хрипловатый, иногда действительно немного сорванный голос – знаете, под кого.

Осень, везде на улицах города – плакаты «Всесоюзная перепись населения», а мы каждый вечер бродим с гитарой и моим другом Витькой из соседнего двора по этим улицам, скверам и набережной Днепра. Я умудряюсь орать песни даже на ходу, он совершенно не умеет играть, но что-то восторженно подпевает. И – ощущение постоянно приподнятого настроения...

Однажды мы сидим с ним на скамейке, среди ивняка, в глубине широкой зеленой посадки на набережной. Скамейка эта должна была чинно стоять на аллее перед речным парапетом, но кто-то её сюда, в укромное место, до нас перетащил, и постаралась, видимо, большая компания: скамейка тяжелая, деревянная, белая с чёрными изогнутыми чугунными ножками и такими же боковыми опорами. Почти стемнело и нас накрывают уютные тени, а перед нами у реки – неяркий голубоватый свет редких высоких фонарей на бетонных столбах. Я что-то наигрываю.

Неожиданно из-за деревьев на нас выходит группа крепких парней, гораздо старше нас, блатного вида, навеселе и явно ищущих развлечений. Их пятеро, но кажется, что десять. Они быстро окружают нашу скамейку и один из них, главный, в фуражке и с приподнятой толстой верхней губой, начинает приставать с вопросами к Витьке. Дело пахнет очень серьёзным мордобитием, к тому же Витька – резкий и вспыльчивый – хотя и испугался не меньше моего, но уже насупился и вот-вот скажет что-то поперёк. А вокруг, на набережной – ни души, так что, похоже, мы влипли с нашей любовью к вечерним прогулкам в рискованных местах. Убить, возможно, и не убьют, но покалечить могут крепко, тем более что боец среди нас только Витька, а я – хилый очкарик, освобождённый от «физры» ещё с 5 класса по причине шумов в сердце (был тогда такой популярный детский диагноз). И сейчас сердце это бешено колотится где-то в конечностях, с шумом или без – я уже не знаю, но чувство полнейшей нереальности нарастает.

Тут вожак замечает гитару на моих коленях и снисходительно говорит:

– А ну, сделай нам что-нибудь...

И я делаю.

Я не знаю, что он ожидал, но я, сам себе удивляясь, не забыв ни одного слова и как бы даже спокойным голосом (по крайней мере, мне так кажется), пою:

> В тот вечер я не пил, не пел,
> Я на неё вовсю смотрел,
> Как смотрят дети, как смотрят дети.
> Но тот, кто раньше с нею был...

Я пою «Нинку», «У тебя глаза, как нож», «За меня невеста отрыдает честно» и ещё две-три песни. Наше окружение как-то обмякает, расслабляется. Они постепенно рассаживаются вокруг на траве и на скамейке и слушают очень тихо, не перебивая ни словом, ни резким движением. Вожак вытаскивает из внутреннего кармана куртки начатую бутылку какого-то вина и говорит, обращаясь только ко мне, уважительно:

— Будешь?

Я вежливо отказываюсь и, почувствовав момент, встаю:

— Мы пойдём...

Они совершенно спокойно говорят нам «пока» — почти все, по очереди, и мы, как бы ни спеша, ретируемся сначала на освещённую аллею, затем, чуть быстрее, переходим через дорогу — к магазинам, к людным улицам. Мы идём всё быстрее и быстрее, почти бежим, и только через несколько кварталов Витька останавливается — и говорит, говорит мне что-то восторженное...

А я и так знаю, что я — большой молодец. Впрочем, не только я. И даже совсем не я — Владимир Семёнович...

И всё ещё в диком восторге от неожиданного

спасения и от себя самого, я останавливаюсь на перекрёстке возле одного из плакатов про перепись, на ходу придумываю нечто каламбурное, задиристо-матерное и такое же бессмысленное, как этот плакат, и тут же громко декламирую, к новому восторгу своего приятеля:

Скоро будет пере-пись!
Красота – хоть за...бись!

Маркиза ангелов

Катька Копылова была самая тупая и некрасивая девчонка в классе. И бородавка — под носом. Венька сильно расстроился, когда Ирина Сергеевна сказала ему, что он опять должен с Катькой позаниматься: та, мол, проболела две недели и сильно отстала, особенно по математике, а ты, Веня, живёшь в соседнем дворе... Можно подумать, что Катька не отстала по всем предметам ещё до болезни! Ему было даже тошно себе представить, что он снова должен будет тащиться после уроков к Копыловым домой, сидеть как минимум два часа в крошечной вонючей кухоньке, где Катька обычно делала уроки, да ещё потом у себя дома вытряхивать копыловских коричневых прусаков из своих учебников и тетрадей. И как только эти отвратительные существа залезали туда? Венька ведь всё время держал портфель у себя на коленях... А Катькина бабка чего стоила: ещё страшнее внучки, с такой же, как у Катьки, но только побольше, бородавкой под носом, лоснящимся лицом и складчатой шеей!

...Дверь открыла именно она – баба Копылиха, провела его в кухню и визгливо позвала:

– Катька, иди, к тебе мальчик пришёл! – похоже, что его имени бабка даже не помнила.

Из единственной в квартире комнаты появилась Катька, в грубой вязаной кофте и цветастой старой юбке, надетой на синие растянутые спортивные штаны. Вид у неё был, как обычно, заспанный, она хлюпала носом, видимо, простуда ещё не совсем прошла. Она отодвинула на другой конец стола какие-то тарелки и раскрыла учебник.

Венька маялся, но честно пытался объяснить действия с корнями. И хотя Катька усердно кивала время от времени головой, проблеска понимания не намечалось. Наконец, когда домашнее задание было выполнено, Веня с облегчением встал и начал застёгивать куртку – он всё время так и просидел в ней...

— Ты завтра в школу идёшь? — спросил он, чтобы сказать что-то на прощание.

— Ага, — Катька тоже встала из-за стола и вдруг протянула правую руку к Венькиному лицу, — смотри, что у меня есть, — она показала тоненькое колечко на ладони — похоже, что золотое.

— А чего это?..

— Подарили, — Катька надела колечко на безымянный палец и покрутила рукой, — только бабке нельзя показывать...

Веня впервые увидел какой-то интерес в её зеленовато-водянистых глазах, и, наверно, ожидание, что он начнёт расспрашивать: кто подарил да почему. Но он промолчал, сказал «пока» и вышел. Его сейчас больше интересовало, что поделывают на дворе пацаны и что мама приготовила на обед...

После весенних каникул всем классом устроили забастовку — прогуляли четыре первых урока. Формальная причина была в том, что Ирина Сергеевна болела, и историчка болела, и им поставили на замену подряд уроки украинского с крикливой Галиной Степановной, которую все ненавидели. А по-честному, просто очень не хотелось идти в школу и забавляла мысль, что если все сразу не придут, то никому ничего не будет — всех ведь сразу не накажут. Так что пошли в кино на Анжелику, которая была маркизой ангелов. Фильм шёл первые дни, и даже на утреннем сеансе зал был забит, а Веньке, как всегда, не везло — ему выпало сидеть рядом с Катькой, в стороне от остальных, в самом последнем ряду.

Катька, по своему обыкновению, всё кино промолчала, не глядя в Венькину сторону. У неё опять текло из носу, и она сидела с платком наготове. Он тоже на неё не смотрел. Куда там! От экрана нельзя было оторваться: там величественная красавица Мишель Мерсье, то бишь, Анжелика, боролась с негодяями всех мастей, не забывая при этом периодически оказываться у них же в постели, и, вроде бы негодуя, как-то не очень уверенно сопротивлялась их негодяйскому натиску…

В самый страшный момент, когда Жоффрея Де Пейрака казнили, Катька, дурная, со страху вдруг ухватила Венькину руку с подлокотника, притянула к себе на колени и крепко прижала, вместе с носовым платочком, своими стиснутыми в кулаки руками. Венька не сразу понял, куда попала его левая рука, но когда ответственный момент на экране прошёл, не знал, как забрать руку назад. Это значило пошевелиться – и обнаружить себя в неловкой ситуации. Так и сидели до конца фильма, и внимание у него к происходящему с Анжеликой вовсе рассеялось… Только когда в зале зажёгся свет, Венька резко отдёрнул свою блудную руку. А на Катьку так ни разу и не посмотрел, даже после выхода из кино. Какие-то назойливые ощущения жили в руке, не проходили, он чувствовал себя все ещё очень неловко... Тоже мне – Катька, уродина... Нашлась, Анжелика...

Дома он сразу же попросил у матери лука: «У нас в классе грипп, нужно лука много поесть, чтобы не заболеть...», и ещё до обеда сожрал почти целую головку лука с хлебом и солью. Крепкий луковый запах и вкус бил в ноздри, в глаза и в голову, и ему казалось, что это как-то очищает его от Катьки. «Она же простуженная была, правильно, значит, нужно много лука поесть», — эта мысль всё крутилась и крутилась у него в голове...

К концу весны Катька совсем перестала ходить в школу. Венька заметил это, только когда услышал в классе чириканье двух неразлучных подружек с птичьими фамилиями – Наташки Воробьевой и Маринки Скворцовой. Выходило, что они дежурили в классе и подслушали, когда бабка Копылиха приходила в школу, плакала в кабинете у классной, Ирины Степановны... Оказывается, что родителей у Катьки нет, только бабка, что Катька пропала из дома и что её вроде бы уже ищет милиция...

Девчонки знали что-то ещё, даже более крамольное, но, обсуждая это, сильно понизили голос, а заметив Веньку, сидевшего близко, ядовито сказали: «Это, Венечка, тебе слушать нельзя...».

Впрочем, «об этом» уже через пару дней зажужжали все: Катька не просто пропала из дома и из школы, она жила где-то у какого-то «постороннего взрослого мужчины»... И это уродливая и недалёкая Катька – ну, хоть бы красивая была! И это в свои тринадцать с половиной лет! И...

Отовсюду – особенно, из учительской – было слышно сочно произносимое: дурной пример, дурной, дурной пример...

Больше Венька Катьку никогда не видел, а вскоре и копылихин дом пошёл под снос, и бабка куда-то переехала.

«Анжелику» ещё долго показывали в кинотеатре недалеко от Венькиного дома. Большие афиши, нарисованные художником на щитах перед кинотеатром, сильно полиняли, и с каждым новым дождем маркиза ангелов выглядела на них всё более и более утомлённой от своих бесконечных любовных приключений. Венька, проходя мимо в школу или в булочную, старался смотреть в другую сторону...

Отрава

Я тоби так скажу, Вэниамину Сэргиойвичу...
Трэба бигты у сэрэдыни, — часто говорил
Веньке старший аппаратчик Петро Гнатюк, — тому, що пэрэдних бьють по морди, а зад-
них — по сраци...

Вообще-то Венька занимал в цеху должность
сменного мастера, и, по идее, наставлять рабочих
должен был он. Но пока что уму-разуму учили
его: он приехал на химкомбинат по распределению, после института, всего полгода назад, и ни
черта в рабочих делах не смыслил (и не жаждал
осмыслить, мечтая уехать как можно скорее), а все
двенадцать его подчинённых проработали здесь
помногу лет, уверенно теряя на вредном производстве зубы и волосы... Гнатюк, самый старший, лет сорока, казался Веньке совсем старым —
со своей гладко отполированной двадцатью года-
ми производственного стажа головой, под неиз-
менной чёрной кепкой, полупустым ртом и ма-
ленькими бледно-голубыми глазками, прямо-таки

наполненными хитростью... Ну просто вылитый весёлый пиратский боцман! Даже перекинутый через его правое плечо ремень сумки с противогазом казался перевязью острой пиратской шпаги. На самом же деле, по-настоящему острым был гнатюковский язык — говорил он на русско-украинском суржике, как и большинство в этих местах, но всё-таки более на украинском, чем остальные. Жил Гнатюк в далёком от химкомбината посёлке, и на каждую смену по три с половиной часа добирался раздолбанной вонючей электричкой — работы, тем более, так хорошо оплачиваемой, как на химическом производстве, в его родном посёлке не было, вот и приходилось ездить далеко. Этот разговорчивый боцман в основном и наставлял Веньку во время дежурств, обучая всяким цеховым и житейским премудростям, а Венька молча слушал...

И все остальные в сменной бригаде относились к молодому мастеру замечательно. Беспорядочно бородатый начальник смены Николай Петрович (за глаза называемый попросту Бородой) зазывал Веньку к себе в кабинетик, «на чай»: в ночные смены это значило — на полстакана спирта с половинкой яблока, вместо закуски.

Лаборантки Нина и Оксана, симпатичные молодухи, но уставшие от жизни с пьющими мужьями, предлагали ему домашнего борща, разогретого на лабораторных печах. А беспечные операторы Лёнька и Славка — опять же, в долгие ночные смены — отправляли его спать за приборные щиты: «Мы, Вениамин Сергеевич, привычные, а вы пойдите, прикорните там, на лавке, полчасика». И на узкой твёрдой лавке, под ровный тяжёлый гул и шипение пневматических самописцев и манометров, Венька проваливался в беспокойный, но всё равно такой вкусный молодой сон – иногда и на два, и на три часа... Ребята, впрочем, не забывали разбудить «начальника» вовремя, чтоб не выглядел заспанным к утру, к концу смены, когда настоящее, цеховое начальство начинает шастать по аппаратным.

Работа была не тяжёлая по сравнению с другими производствами, но очень вредная и опасная, если что-то начинало подтекать (за что платили большие надбавки, давали бесплатное молоко и шла выслуга лет): в цеху стояло ещё трофейное немецкое оборудование, целиком завезённое после войны, и давным-давно миновали все разумные сроки его эксплуатации, а используемые вещества относились к классу сильных и когда-то боевых отравляющих веществ. Поэтому главная задача у всех была одна – потихоньку выполняя план, не взлететь на воздух и не отравиться. К этому вполне подходили гнатюковские сентенции о «беге в середине»...

А ещё Веньке нравилась Людка. Она тоже была старше его, лет на пять, и тоже работала аппаратчицей одного из отделений цеха. У неё имелись смуглый высокий чистый лобик с неглупыми мыслями, красивые каштановые волосы – под обязательной косынкой, муж и дочка, а также незаконченное образование в ПТУ и какая-то своя полудеревенская-полугородская жизнь в доме у свекрови. Нельзя сказать, чтобы Венька много про неё думал, да и поговорить, в общем, не часто удавалось, разве когда приходилось заменять её напарницу по отделению. Однако его будоражила полоска её простых голубых или белых трусов, выглядывающая иногда при наклонах к вентилям и заглушкам на небольшом плотном ладненьком теле — в промежутке между синими опрятными рабочими штанами и короткой курточкой...

Однажды Веньку совсем бес попутал. Ему опять пришлось подменять беременную Людкину напарницу, Варю, которая, едва выйдя в вечернюю смену, закряхтела, заохала... Сообщили Вариному мужу — и на комбинатовской административной машине помчали её в роддом. Венька остался в отделении, помогать... Сначала они вдвоем долго болтали в щитовой, чересчур ярко, как сцена, освещённой люминесцентными лампами, раз в час заполняя журналы наблюдений за процессом. Потом пили чай (что было совершенно запрещено на рабочем месте). Потом Людка начала с ним кокетничать («Мне наши девки говорят, мол, что это к тебе молоденький мастер зачастил? А я им: да что вы болтаете...»).

А потом Венька притянул Людку к себе и начал жадно целовать... даже самому было неясно, как это он вдруг на такое решился, прямо затрясло его. Губы у неё были... замечательные... немного в душистом вазелине... наверно, намазала перед сменой, из-за сухого воздуха в цеху.

Венька оторвался от неё только тогда, когда почувствовал привкус крови, — это у Людки губа треснула от такого его рвения. Она, впрочем, тоже целовалась очень настырно, со вкусом, и на колени к нему сразу же пересела. Ранку промокнула платочком – и опять целоваться. Потом отстранилась, держится снизу живота и говорит:

– У меня всё разболелось... хватит... – и опять целоваться.

И так, наверно, целый час. Теперь уже и Венька почувствовал, что всё болит. Тут Людка от него отпорхнула, отсела подальше, поправила косынку, курточку и давай делать вид, что заполняет журнал показаний – пора уже. Хорошо, что ещё никто из смены в аппаратную не зашёл: Борода, например, очень любил неожиданно появляться. Венька через несколько минут опять надумал сунуться, но Людка свою противогазную сумку схватила, и – в цех: надо что-то и там проверить, скоро конец смены.

Распаренный Венька – за ней. Обходя отделение, они с Людкой вышли на крышу. В небе над комбинатом и близкой рекой громоздились клубни подсвеченных снизу густых дымов, невообразимых оттенков рыжего цвета...

– Красиво... – сказал Венька, всё ещё переживая своё возбуждённо-лирическое состояние.

– Ага, красиво... – повторила Людка. – Только это отходы сбрасывают... к ночи – пока инспекция не видит... и под выходной день – потому что пробы воздуха не берут. А потом вся эта дрянь на город идёт... Пошли отсюда.

Назад вернулись – уже сменщики пришли. Венька стал нехотя с ними разговаривать о чем-то производственном, а у самого вид... Нет, нет, я – здоров, просто, видите ли, здесь, в щитовой, несколько жарковато...

Всё главное случилось в следующую смену, поздно вечером, прямёхонько на полу за приборными щитами, на подстеленных зимних спецовках из грубой, шершаво-колючей ткани... И хотя в аппаратную Людкиного отделения вроде никто и не заходил, Венька почувствовал, что смена всё-таки что-то про них знает: выражение физиономий, что ли, у всех было какое-то необычное... А Гнатюк, сидя на лавке в мужской бытовке (после душа, абсолютно голый, но уже в кепке), стал долго и смачно рассказывать целую басню про то, как в молодости помногу и подолгу любил деревенских девушек в стогу сена... и как это сено пахнет... и как колется в неподходящий момент...

Впрочем, Гнатюк – известный болтун, и, возможно, Веньке с перепугу что-то особенное просто показалось?

Долго рассуждать ему об этом не пришлось, потому что назавтра, в 20:43, случилась авария. Лопнул трубопровод на громаде серой китоподобной ёмкости с самым ядовитым в цеху газом, мерзко заорали датчики, зашкалили стрелки – сначала в Людкиной щитовой, а потом – и в центральной. Людка была на месте беды первой, натянула противогаз и вручную стала останавливать насосы, не надеясь на хилое дистанционное управление. Венькиного руководства и помощи никто, конечно, не ждал, все вроде бы сами знали, что делать и что не делать, и к ёмкости сбежалась целая группа хоботообразных во главе с Бородой. Гнатюка, правда, не было видно, но он, наверно, был занят в другом отделении... Венька же, после вчерашнего события, был полон дурной энергии и, незаметно для себя, выпендривался перед Людкой, поэтому активно и совсем неосторожно лез помогать в самое пекло.

Утечка была серьёзная, и долго ничего не могли поправить, – судя по всему, случилось именно то, чего давно уже ждали и молча боялись. Пришлось начать полную остановку процесса, а повреждённый трубопровод принялись бинтовать, как раненую конечность. Непроницаемый белый туман с невинным запахом прелого сена ловко переползал из одного отсека в другой. Старых фильтров в противогазах хватало только на пятнадцать минут, нужно было выбегать из зоны аварии, чтобы поменять противогазные коробки на запасные, из хранилища, но Венька не сразу это понял, да и запах поначалу не казался ему страшным – даже напоминал что-то беззаботное, детское, летнее...

Когда трубу забинтовали и туман начал рассеиваться, в цеху уже работала целая аварийная команда, съезжалось всё начальство – и цеховое, и из управления комбината. Ночью у Веньки сильно болела голова, а следующим утром, уже в комнате ИТРовского общежития, начались сильная тошнота, озноб и рвота... Отравление... заводская больница... неделя капельниц и уколов...

«Вам, молодой человек, повезло, отравление не тяжелое, всё у вас пройдёт».

«Вас же учили, что нужно соблюдать технику безопасности? Вы же расписывались в журнале инструктажа?».

«Я ж тоби казав: треба бигты у сэрэдыни...».

Оказалось, что и Людка надышалась, но намного сильнее, и в больнице ей лежать долго-долго... У неё началось осложнение – серьёзная лёгочная болячка, и неизвестно чем это закончится. Венька всё думал-думал пойти её проведать, да так и не решился... неудобно как-то. Муж, говорили, по несколько раз в день к ней в палату бегает, очень переживает, и дочку приводит.

В общем, может, это и хорошо, что Людки не было тогда, когда пришло на Веньку долгожданное открепление из Москвы и бригада провожала его домой.

Борода ворошил, естественно, бороду, Нина и Оксана напоследок прикармливали какими-то домашними вкусностями, Лёнька и Славка шутили и фамильярно хлопали по плечам – он уже для них почти не начальник... Гнатюк, сняв кепку и привычно погладив лысину, опять не преминул напомнить свою науку.

И побежала дальше молодая Венькина жизнь, но, похоже, осталась бродить в организме какая-то не выявленная врачами отрава, потому что ещё много лет спустя запах скошенной травы и сена будет остро мучить его в городских скверах и парках и, особенно, в загородных поездках, вызывая тошноту, тревогу и отчаяние, вместо желания вдохнуть, как говорится в песнях и стихах, этот зов полей полной грудью.

Швабра для Саддама

Нет, эта история не про американские войска, крепко застрявшие в бесконечных песках иракской войны, не про известные всем религиозные распри Ближнего Востока и не про вечнозеленые и вечнорастущие цены на нефть. Эта история... про наш родной Киев, олимпийский Киев, принарядившийся летом 80-го года для встречи зарубежных спортивных делегаций.

Что-то подкрасили, что-то снесли, а что-то построили – хотелось верить, что по мировым стандартам. Стало гораздо меньше праздно шатающихся субъектов, особенно, в центре города и вблизи олимпийских строений. В выглаженных брюках старались ходить даже милиционеры, которые добавили в свой лексикон ряд удивительно вежливых оборотов речи, звучавших в их устах как неологизмы. В магазинах появились доселе неведомые продукты – финское салями и плавленый сыр «Виола», а любимый напиток капиталистов «Пепси» (и что они в нем нашли?) занял на застольях почетное место, рядом с водкой. И уже только от присутствия всего этого тут, у нас, мы почувствовали себя частью мировой цивилизации... А что стало с женщинами! Наши и до того невообразимо обалденные киевлянки, Галочки и Оксаночки, вдруг дорвались до французской косметики! В продажу выбросили духи «Клима», «Шанель №5», «Анаис» и другие парфюмерные принадлежности, причем настоящие, а не цыганского производства. В метро запахло, как в шикарном парикмахерском салоне... Правда, запах французских «парфумов» иногда причудливо смешивался с пикантным ароматом... как бы сказать поприличнее... ну, рыбного магазина.

Увы, мы походили на гостеприимную хозяйку, которая всё пытается при появлении гостей незаметно задвинуть под диван стоптанные тапочки, но, нечаянно зацепив, частенько роняет на головы вошедших ненадежно спрятанную на антресоли грязную швабру... Вот одна из таких «швабр».

Меры безопасности на Играх и вокруг были очень крутые (мюнхенские теракты повторить в СССР не позволим!). В Киеве главными олимпийскими объектами, взятыми под охрану, стали гостиница «Русь» и стадион. А я, в то время молодой капитан, был назначен дежурным офицером штаба по вопросам безопасности в гостинице «Русь».

Дежурили круглосуточно – прокуратура, милиция, угрозыск, пожарные... В каждой двенадцатичасовой смене – почти по сотне человек. Перед дежурством внимательно, как ходоки Ленина на известной картине, слушали речи вышестоящих товарищей о необходимости соблюдения высокой бдительности и не менее высокой социалистической законности в трех зонах охраны гостиницы, окруженной высоким забором.

Как ни странно, все, что предписывалось, точно и неукоснительно соблюдалось: заступая на дежурство, мы проверяли всех вошедших и даже друг друга с помощью металлоискателя, а малейшее нарушение дисциплины нещадно каралось, невзирая на былые заслуги. Однако эти героические усилия не всегда приводили к успеху: периодически мы отлавливали на вверенной территории проституток (в элегантных вечерних платьях), и до сих пор неизвестно, каким образом они могли просочиться сквозь забор и металлоискатель. Кроме них, постоянно попадались трудящиеся ресторанов, по безусловному рефлексу тянущих домой после работы все, что отрывается от земли, четко зная при этом, что их будут обязательно «шмонать». Объяснения «задержанных» выслушать без смеха было невозможно. Например, наличие в сумочке трех сырых яиц, кусочка палтуса и мускатного орешка хозяйка ручной клади – работник кухни – объяснила тем, что эти продукты принесла из дома, чтобы перекусить на работе, но забыла пообедать по причине занятости... и это в то время, когда процентов девяносто населения не отличало палтус от плинтуса.

В гостиницу постепенно заселялись спортсмены-футболисты из Коста-Рики, Ирака и других стран, о существовании которых мог догадываться разве что участник школьных олимпиад по географии областного масштаба. Уровень интеллекта этих зарубежных спортсменов был на много порядков ниже умственных возможностей рядового охранника из милиции, но с этим приходилось мириться. Осведомленность же иностранцев в определенных темах вызывала откровенное удивление. Например, новоприбывшие иракские футболисты вместо предложенной им экскурсии по городу с посещением Лавры сразу попросили отвезти их в Дом офицеров на танцы, а Лавру оставить на потом. И тренеры зарубежных команд часто уговаривали нас не выпускать спортсменов за пределы гостиницы: мол, о футболе думают только они, тренеры, а футболисты — исключительно о бабах!..

Дежурства в штабе проходили в общем-то довольно скучно: обстановка спокойная, происшествий, кроме отлова проституток, почти никаких. Члены группы быстрого реагирования, натренированные на битьё кирпичей и скоростную стрельбу с близкого расстояния, вынуждены были находиться в небольшом помещении, в состоянии постоянной готовности, но в режиме ожидания. Такой «покой» утомляет гораздо больше, чем тренировки, поэтому к концу смены они быстро реагировали только на команду «По домам!».

...Удивляла июльская погода. Как только начинался футбольный матч, сразу капал дождь с немедленным переходом на ливень, и было очень интересно наблюдать из окон гостиницы, как в освещенную прожекторами чашу стадиона лились и лились с неба потоки воды. От этого зрелища создавалось впечатление, что скоро чаша стадиона наполнится и нарядные зрители всплывут на поверхность, барахтаясь вместе с футболистами...

В один из вечеров, часов около десяти, к нам в штаб пришел милиционер, охранявший периметр, и сказал, что к нему обратился врач иракской команды и на русском языке сообщил, что окончил Московский мединститут и хорошо относится к Советскому Союзу. Потом он, как бы невзначай, деликатно попросил обратить внимание на перевернутый на флагштоке во дворе гостиницы флаг Ирака, добавив, что скоро у них государственный праздник...

Приходилось ли вам видеть иракский флаг? Красная полоса, белая полоса, черная полоса. На белой полосе – три зеленые звезды. Кто знает, какая из полос должна быть сверху – красная или черная? Тем более что никаких справочников по этому вопросу у нас в штабе не было.

Я отправил милиционера назад на пост и немедля собрал военный совет.

– Кто этот флаг вывешивал, тот пусть и разбирается, – насупился чернявый носатый Якименко, – наше дело – охрана порядка, нечего нам вообще дергаться.

– Не, так не пойдет, – осторожно заметил маленький Федченко. – Его кто вешал? Олимпийский комитет. А мы ему подчиняемся, значит должны отреагировать...

– А вдруг это наглая провокация? – сказал я. – Станем перевешивать стяг, этот процесс снимут представители западных СМИ, а завтра с удовольствием расскажут о надругательстве над государственным флагом столь уважаемой страны, как Ирак...

— Если он висит вниз головой и его не перевесить, то завтра может возникнуть та же проблема, и с теми же последствиями, — негромко и методично проговорил немолодой сотрудник Сергей Леонидович, разглядывая свое отражение в полировке стола.

— Короче, нужно доложить наверх, — резюмировал Федченко, — и пусть они там думают...

Помедлив несколько минут, я потянулся к трубке.

— Чуток обожди, — остановил меня Якименко, — дай сначала получу информацию... по внутренним каналам, — и он позвонил нескольким нашим коллегам, имеющим дома справочную литературу.

Уже очень скоро мы наверняка знали, что иракский врач нас не обманул, но руководство, после моего доклада, все-таки потребовало у Олимпийского комитета, чтобы нам немедленно доставили представителя с соответствующим справочником. Причем справочник должен был быть непременно отечественного производства, так как «там» могут изготовить что угодно, а нашей стране потом расхлебывай эту кашу на международной арене.

В штабе у нас все заметно оживились, прислушиваясь к моим долгим и содержательным телефонным переговорам.

Через какое-то время из Олимпийского комитета приехал деятель комсомольского вида, в состоянии, весьма отличающемся от трезвого, но со справочником. Он долго рассказывал, что ему бесплатно выдали олимпийский костюм песочного цвета и комплектующие его рубашки, а все флаги вывешены в соответствии с утвержденной инструкцией... Впрочем, по его же справочнику мы еще раз убедились, что национальная гордость дружественной страны все-таки перевернута.

Наконец, в середине ночи мы получили санкцию на восстановление нечаянно поруганной чести иракского народа.

— Стоп, — сообразил тут я, — полотнище на многометровый флагшток вешали заранее с помощью лестницы пожарной машины, теперь эти машины стоят вон там, за забором, и могут, по инструкции, въехать на территорию гостиницы только по причине пожара.

— В другом случае, с разрешения Олимпийского комитета, — подтвердил Якименко.

— Кроме того, как могут расценить въезд пожарной машины иностранцы? — продолжал я. — Может возникнуть паника, а потом претензии, что инцидент повлиял на их спортивные результаты. Здесь опять нужно думать...

— Нечего тут уже думать, — сказал Федченко, — машину загоним и выгоним под утро, когда будет спать не только охрана, но и иностранцы угомонятся.

— И можно даже сочинить легенду для объяснения ночного въезда, — выдал Якименко, — мол, необходимо было проверить крепление всех флагов, ну, скажем, на случай грозовых шквалистых ветров.

— Хорошо бы еще проверить, что там видно с того этажа, где живут иракцы? — тихо, как всегда, вставил Сергей Леонидович. — Вдруг кому-то ночью захочется не Коран почитать, а из патриотических чувств полюбоваться флагом, а на него нагло позарились пожарные?

— Ни черта им оттуда не видно, — убежденно отметил Федченко, оглядывая нас всех, — впрочем, и это можно незаметно проверить, мы ж все-таки профессионалы, или как?

Мы были профессионалы.

В обусловленное время и по сигналу мероприятие провели молниеносно. Авторитет советского государства был восстановлен с помощью молодца-пожарного по имени Василий.

Комсомольца при проведении «операции» пришлось отправить в гостиницу спать во имя Родины. Он все время пытался сам влезть на лестницу (видимо, вспомнив подвиги своих старших товарищей), но равновесие уже не держал при заносе ноги на первую ступеньку, совсем не заботясь о чистоте своего замечательного олимпийского костюма. Короче, нам не хватало, кроме перевернутого флага, иметь за одно дежурство еще и упавшего с лестницы комсомольца...

На рассвете, с чувством выполненного долга и с лицами дипломатов, урегулировавших международный конфликт мирным путем, мы поднялись к себе в штаб, неспешно обсудили прошедшую ночь с использованием специфической лексики в адрес Саддама Хусейна и его партии БААС, выдумавших сложную государственную символику.

Потом подошли к окну и стали любоваться рассветом на фоне соседнего олимпийского объекта...

— Дайте-ка мне, пожалуйста, бинокль, — вдруг как-то чересчур вежливо попросил Якименко и направил окуляры на флагштоки, установленные на стадионе...

Над стадионом гордо реял иракский флаг, в таком же перевернутом виде, как у нас накануне!

Я ринулся к телефону...

Папина любовь

Много было всего — разопрелого днепровского воздуха, громких прощаний, беспокойных дымных запахов, плеска мутноватой воды под трапом, колких отблесков на лицах от больших, золотых букв «Матрос Вакуленчук», полукругом расположенных по борту теплохода. Мама стояла под крышей синего домика плавучей пристани, возле белых деревянных перил, и держала Юльку на руках. Юлька выворачивалась попкой, тянулась куда-то в сторону, а мама старалась повернуть её лицом к ним — посмотри, вон папа и Коля уезжают на пароходе, ту-ту-у... ну, посмотри, что ж ты вертишься!

Они с папой на палубе — настоящие отъезжающие в далёкое и опасное путешествие (по морям, по волнам): папа — в широких светлых штанах, Колька — в шортах (многострадальные колени густо замазаны зеленкой), папина рука лежит на Колькином плече. Немного снисходительные ко всем тем, кто остается на дебаркадере, и особенно к тем, кто дальше — там, на берегу, они стоят с легкой спокойной улыбкой...

Какое там — спокойной! У Кольки всё так и подскакивает внутри организма — сейчас теплоход отвалит от пристани родного города, и начнется летнее отпускное путешествие с папой... Ну, не по морям, а по Днепру, не очень далекое — до Херсона и назад, и не долгие годы пройдут до их триумфального возвращения, а три дня... но об этом совершенно незачем думать! Тем более что в это путешествие решено отправиться исключительно мужской компанией — Юлька еще маленькая и недавно переболела воспалением легких, а, значит, женщины, как положено, остаются на берегу...

Вот они уже и остаются! Гудок, еще гудок... Кто-то, добавляя шума, неразборчиво кричит откуда-то сверху (капитан теплохода, в рупор?), толстый грязноватый канат с облегчением освобожден от потертой железной катушки, и — поплыли... Отступили назад перила дебаркадера, мамины махи свободной рукой, название города над её головой, машины на набережной, толстый элеватор и причудливые пируэты портовых кранов... Плывем!

Потом началось неторопливое удовольствие обустройства в двухместной каюте. Разложили вещи, спрятали в утробу одной из коек клетчатый матерчатый чемодан на молнии. Долго щелкали разными кнопками от ламп, открывали и закрывали окно, выходящее на палубу первого класса. Так же не спеша, отправились в ресторан, в конец длинного коридора, и их неясные отражения шли вместе с ними в темном полированном дереве многочисленных дверей. Колька на ходу рассматривал какие-то странные картинки, эмблемы и усердно читал инструкции в аккуратных рамках. Папа что-то спросил у официанта, выбрали столик, а затем, прямо из ресторана, вышли на открытую площадку кормы и постояли на тугом ветру, у флага — не могли оторвать взгляда от спешащей за теплоходом бесконечной струи... пока не появилась компания молодых людей с гитарой, которые, едва расположившись на шезлонгах, грянули нестройно, но рьяно:

У крокодила морда плоская,
У крокодила морда плоская,
У крокодила морда плоская,
Он не умеет целовать.
Его по морде били чайником,
Его по морде били чайником,
Его по морде били чайником,
Чтоб научился целовать.

После ужина они сразу же облазили весь теплоход: спускались на нижние палубы, заглядывали в громкое, суетливое машинное отделение и в молчаливый парадный носовой салон, пустой, с зачехленными сероватой тканью диванами и роялем. А в сумерки даже постояли перед крутой лестницей на капитанский мостик, где из окон рубки падал на их поднятые вверх лица таинственный свет...

Самым же интересным оказался проход теплохода через шлюзы: все пассажиры при этом обязательно заполняли палубы, пристально рассматривая огромные – много выше их судна! – шлюзовые ворота в потеках склизких зеленоватых водорослей и густую некрасивую пену за бортом, слушали какие-то гудки, шумы и тарабарские переговоры.

Папа беспрерывно что-то объяснял Кольке или увлеченно рассказывал о приключениях из своей молодости. Получалось, что детство и юность у него были довольно бесшабашные, и в это никак не верилось, глядя на теперешнего папу – в больших очках, полноватого, всегда такого аккуратного («пи-да-гог» – так говорила про него лучшая мамина подруга тетя Рая, медленно, с нажимом процеживая каждый слог сквозь испачканные красной помадой зубы).

– ...В коридоре нашей коммуналки было темно, особенно если входишь с улицы. Жил там у нас Лева Коган, погруженный всегда в какие-то свои мысли. И вот, на зимних каникулах, Лева Коган, за целый день насмотревшись на зверей из заезжего зверинца, пробирается почти на ощупь к себе в комнату... А я поджидаю его в углу. Протягиваю руки с шапкой, ласково касаюсь мехом его лица и тихо говорю «р-р-ры»... Он визжит, отскакивает куда-то назад, падает на задницу в чье-то помойное ведро и с новым воплем переворачивается на пол. Распахиваются двери, зажигают свет... Мой дядя Сева мгновенно всё понял и мне – бах!..

Бойкая компания с гитарой по-прежнему встречалась им в самых неожиданных местах теплохода, казалось, что, сидя кружком, они распевают одну и ту же задорную песню, аккомпанируя папиным историям:

У бегемота нету талии,
Он не умеет танцевать.

После чего неотвратимо следовало:

Его по морде били чайником,
Чтоб научился танцевать.

— ...Я подхожу к этому блатыге Ромке, вот так вытаскиваю папиросу изо рта...
— А ты что — курил?!
— Ну да, немного... не в затяжку... просто модно было... В общем, я подхожу и говорю ему: «А пошел ты знаешь, куда!» Он остолбенел, а я с ходу ему — поддых... Он стал приседать на корточки, дышать не может, а я говорю, да чтобы я тебя больше никогда...

Заснул Колька внезапно, едва прилег на минутку в каюте, не раздеваясь, под звуки ночного шлюзования. Спалось ему отлично, ничего не снилось, а утром он первым делом выскочил на палубу — что там нового, радостного и удивительного? Какие незнакомые города и пристани проплываем, чем гружены длиннющие встречные баржи, как называются и кого везут разнообразные катера и лодки?..

— Коля, — окликнул его папа. Он сидел с какой-то молодой женщиной. — Познакомься, Валентина Илларионовна...преподаватель музыки.

Колька изобразил воспитанного мальчика —

подошел, поздоровался, ответил на пару вопросов, чувствуя, что неинтересно не только ему — отвечать, но и этой... как её... Валентине Илларионовне — спрашивать. Она задавала их вкрадчивым, словно круглым голосом, и сама была круглолицая, в невесомом сиренево-цветочном платье, которое, как подумалось Кольке, неприлично облегало и местами как-то пропадало на ней. А когда она посмотрела Кольке прямо в лицо, то глаза у нее оказались неожиданно прозрачные и холодные — вылитая снежная королева, только летом.

— Я пойду... умоюсь, — заявил Колька и удрал в каюту.

Весь этот день они были с папой уже не одни. И на палубе, и в ресторане, и когда теплоход подолгу стоял возле очередного города и можно было пойти погулять по набережной, а иногда и по ближайшим улицам или паркам, с ними была Валентина. Она негромко, но значительно смеялась всем папиным шуткам, носила с собой журнал «Иностранная литература» и сладко пахла. Днем сидеть на палубе в шезлонге было жарко, её цветастое платье прилипало к ногам, она часто приподнимала его и даже слегка обмахивалась краешком подола. Папа по-прежнему не замолкал, но забавные пацаны из рассказов исчезли, теперь упоминались Суриков, Герасимов, Вертинский, Григ...

— Коля, ты бы пошел, познакомился вон с теми ребятами, по-моему, они твоего возраста, — периодически предлагал ему папа, прерывая беседу, но Колька никуда не отлучался, молча рисовал в тетрадке звездолеты или вертелся неподалеку, посматривая то на воду, то на берег, то на Валентину.

Вечером, в носовом салоне, папа отвернул с рояля толстый чехол, и Валентина так долго и старательно играла, что вся её гладкая прическа растрепалась, и в салон стали заходить люди с прогулочной палубы, рассаживаться на диванах. Папа остался стоять, облокотившись на рояль, внимательным лицом — к Валентине, а Колька сидел с ногами в самом дальнем угловом кресле, скучал.

И ночью Валентина снилась Кольке. Там, во сне, ей вообще всё время было жарко, цветастое платье снова прилипало к ногам. Кольке, как воспитанному человеку, нельзя было туда смотреть, а так хотелось — пристально, не отрываясь. Он проснулся от необычно острого ощущения — влажный, и не только от пота. Сначала сильно испугался, а потом вспомнил, что по этому поводу говорили мальчишки: вот оно что-о... Какое-то время он не мог заснуть, не зная, что делать и как встать, чтобы убрать безобразие, не разбудив папу, однако провалился в новый крепкий сон — уже без Валентины.

Разбудили его вопли знакомой компании, с утра оказавшейся на палубе где-то рядом с их каютой:

А новичок – сопля зеленая,
Он не умеет страховать.

И дальше, конечно:

Его по морде били чайником,
Чтоб научился страховать.

Была жаркая середина дня, когда остановились в Каховке, и тщательно изученное настенное расписание поведало Кольке о стоянке в полтора часа. Как и другие пассажиры, они отправились гулять вдоль реки. Прошли мимо четырех бабулек с ведрами и кастрюлями, прикрытыми крышками или марлей, — продавали вареную кукурузу, домашние малосольные огурчики и что-то еще. А на небольшом расстоянии от причала им вдруг открылся песчаный пляжик с кабинками для переодевания.

— Коль, — сказал папа, — искупнуться бы... Сбегай в каюту, возьми полотенца, подстилочку и плавки. А мы тут с Валей... с Валентиной Илларионовной тебя на скамеечке подождем.

Кольке отчаянно не хотелось оставлять их, но он понял, что сейчас возразить уже нечего, и, что-то буркнув, помчался на теплоход.

Дорожка... мостки... трап. Вот и лестница на верхнюю палубу. Коридор... ключ... каюта. Он дернул со спинки кровати плавки, перебросил через плечо полотенца — и в обратный путь, быстрее, быстрее...

Сбегая с пристани, Колька сильно споткнулся, пропахал голыми коленками по жесткому шершавому дереву шатких, с широкими щелями мостков, по-дурацки клюнул носом вперед, чуть ли не под ноги торгующим старушкам, а полотенца, плавки, кепка с головы — всё полетело прямо в серую пыль дорожки.

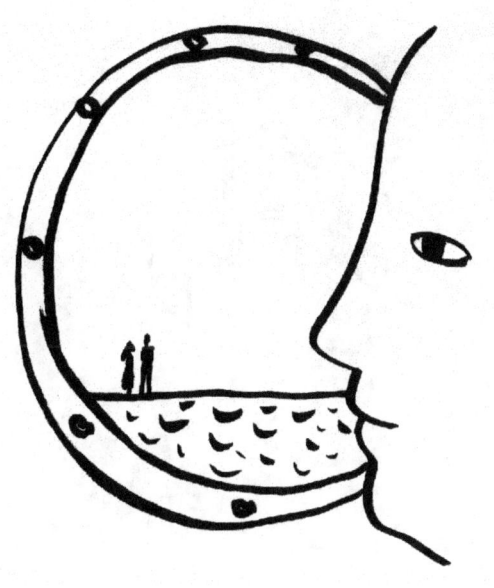

— Ой, сыночка, ну шо ж цэ ты так! — вскрикнула одна из старушек...

Колька еще долго сидел на земле, пялился мокрыми глазами на свои расквашенные, в кусках старой зелёнки и пыли колени, а где-то неподалеку, наверно, на том самом пляжике за дебаркадером, опять били и били чайником по морде несчастного бегемота.

Новый щеночек

Памяти Ольги Александровны

Едва стемнело, пошёл мокрый снег. Девочки всё время подбегали к кухонному окну (из него единственного был виден тускло освещённый двор), крепко прижимались разгорячёнными лбами и носами к холодному стеклу, чтобы разглядеть сквозь косое белёсое мельтешение вход в подъезд: не идёт ли уже папа?.. Но тот всё не шёл, и колючее нетерпение нарастало. Возвращались в гостиную, уныло пялились в телевизор — вот уже и кукольный пёс Филя пожелал всем детям страны спокойной ночи...

— Мог бы и позвонить, — сказала мама. Она тоже волновалась, правда, больше из-за того, что на дорогах наверняка жуткие заторы, и троллейбусы не ходят. Как-то он теперь доберётся?

Наконец, уже в начале десятого, заворочался ключ в замке входной двери, и появился папа — мокрое, красное лицо, остатки снега на усах, пальто и ушанке, но довольный и загадочный. Он поставил на пол в коридорчике, куда сразу же сбежалась вся семья, сине-белую спортивную сумку с надписью USSR. Сумка была наполнена кусками мягкого чёрного кроличьего меха от старой Надюшкиной шубки, и мама, засунув туда руку, долго пыталась нашарить там что-то, поочерёдно вытаскивая на пол меховые куски. Наконец один из них оказался крошечным чёрным щеночком королевского пуделя... Были охи и ахи, визги, Нина – на правах старшей – быстренько завладела меховым комочком, Надя тоже пыталась подержать его.

– Смотрите, смотрите, какой он... – всё время повторяла она, проводя по шёрстке одним пальчиком, и никак не могла подобрать нужного определения.

Папа докладывал о проделанной работе: щенок в клубе стоил немало, но был супер породистым, с настоящей родословной, с собачьими родственниками из «семьи председателя Президиума Верховного Совета Анастаса Микояна», и даже все нужные бумажки – налицо...

В тот же вечер было решено назвать щенка Максом – в доме боготворили Максимиллиана Волошина. Макс рос, и вскоре стало понятно, что он не только писаный красавец, искренняя душа, но и большая умница – как известно, редкое сочетание даже у людей... Человеческими же привычками и качествами Макс не переставал удивлять. На завтрак ел омлет, который ему специально готовил папа, на обед частенько – борщ. Причём сцена поедания борща была совершенно уморительная: папа предварительно подвязывал Максу на затылке его длинные уши круглой розовой аптечной резинкой, и тот приступал к аккуратной по собачьим меркам трапезе из любимой эмалированной миски. Также Макс обожал хрустеть листьями сырой капусты и исподтишка, но довольно ощутимо, портил воздух после этого лакомства, что приводило к бо-о-льшим конфузам в случае присутствия в доме гостей...

Первое время папа ещё как-то пытался приучить девочек к порядку — хотели, мол, собаку, милости просим: гулять, кормить, мыть, учить в конце концов... Где там! Терпения хватало только на игры, да и то ненадолго. Нина уже начала взрослеть и легко могла отговориться от всех обязанностей необходимостью делать уроки, бежать на репетицию в драмкружок, рисовать (у неё действительно были способности, и её серьёзно готовили к карьере художника). А меньшей, Надюше, вообще прощали всё... Поэтому папа постепенно смирился со своей судьбой, Макс — тоже. И если первый, приходя с работы, безропотно, в любую погоду, тащился прогуливать собаку, то второй — столь же безропотно — ожидал этого мгновения, и не докучал женщинам своими потребностями. Впрочем, когда изредка, по необходимости, и после длительных уговоров, юные хозяйки всё же отправлялись с Максом на прогулку, то сама прогулка с весёлым, черно-кучерявым, шикарным псом оказывалась вполне даже приятной. Неинтересным был только обязательный ритуал мытья лап в ванной после возвращения домой.

Жизнь продолжалась. Папа и мама старели — и начинали болеть разными, всё более неприятными болячками. Ниночка училась, выходила замуж, разводилась и рожала детей. Она работала по оформлению магазинных витрин — занятие не самое интересное, поэтому продолжала упорно и безнадёжно мечтать о карьере театрального или киношного художника. Она часто приезжала в гости, вечно спешила куда-то и «подбрасывала» родителям своих малышей. Макс же, у которого, несмотря на многочисленные попытки старательно организованных брачных церемоний, собственных щенков почему-то не получалось, проявлял огромную ответственность в деле охраны детских колясок. Он, обычно даже чересчур дружелюбный, настолько рьяно следил, чтобы никто из пахнущих бедой и перегаром не приближался к охраняемым им человеческим щенкам, что ему стали постоянно поручать коляску со спящим Нининым первенцем Игорьком (а потом и другими её детьми), стоящую в каком-нибудь тенистом уголке двора, а когда приходилось зайти в магазин — то и на улице. Потом его защитой стали пользоваться и другие соседские мамы: колясочки составляли близко друг к другу, рядом, вроде бы вальяжно, усаживался Макс — и вы могли быть совершенно спокойны за безопасность своего дитяти.

Надюша отбыла нудную детсадовскую обязаловку, тихо, но страстно ненавидя хождение строем; в радость отбегала своё по соседним дворам и крышам сараев; и, как-то без особого энтузиазма окончив обычную школу, и ещё одну —

музыкальную, по классу кларнета, оказалась в музыкальном училище, но не потому, что строила серьёзные планы на этом поприще, а потому, что больше ничего другого не придумывалось.

На третьем курсе всё резко изменилось – её пригласили в толковую рок-группу при ДК студентов, где пришлось осваивать саксофон, учиться вести себя на сцене… Преподаватели училища не поощряли участие студентов в разных музыкальных коллективах «на стороне», но, в общем, и не мешали. Так что «духовики», особенно мальчишки, постоянно «халтурили»: поигрывали в самодеятельных духовых оркестрах, в основном на конкурсах и парадах. Наиболее же прибыльным мероприятием считалось, как говорили, сыграть «жмура» – на похоронах платили лучше всего. В рок- или джаз-бэндах играли редко – это ведь почти всегда самодеятельность, там не платят, или платят крайне мало. А вот Наде нравилась именно «рокерская» жизнь, деньги её пока ещё не интересовали – было бы весело!..

И стало весело: как выл Макс, когда в их квартирке, вместо привычного кларнета, Надя стала извлекать пронзительные и, поначалу не очень стройные, звуки из саксофона, выданного со склада ДК! Как ругались, стучали в стены и матерились соседи! («Нам на смену завтра вставать в 4 утра, а эти суки играют на своих дудках и их собаки гавкают целый вечер!»)

Теперь Надюша приходила домой только спать – с утра занятия в училище, а репетиции заканчивались поздно. Гулять больше с Максом ей не доводилось, зато начались длительные прогулки с длинноволосым клавишником Никитой — он-то и провожал её по вечерам…

Вообще-то выбор кавалеров у Надюшки был просто огромный, другим девчонкам, может, даже на зависть. В училище, на духовом отделении — засилье мужского пола, в рок-группе тоже — пятеро парней и всего две девушки: она и Валентина-солистка. И после концертов у неё каждый раз легко и просто образовывались поклонники — шустрая маленькая девчонка с большим саксофоном в руках выделывала на сцене такие кренделя!.. Так что и внимания, и ухаживаний хватало. Другое дело, что все они были ей неинтересны: скучно с ними, говорила, и всё тут. С Никитой же — сразу щёлкнуло: своё!

И что такого особенного было в этом Никите? Ну, хороший музыкант, но не очень молодой и несколько поостывший за годы рокерства, хотя он и продолжал писать почти все композиции для их группы, и вполне даже оригинальные. Он уже не так рьяно, как в начале, придерживался рокерских законов: и на «хасне», то есть на свадьбе или банкете, мог сыграть, и в ДК руководил детским ВИА, и на аккордеоне подыгрывал танцевальному фольклорному коллективу… И сначала они с Надей просто много говорили, много спорили о музыке — и много спорили вообще. Дело в запале могло дойти и до личных оскорблений — верный повод для разрыва. Но — не у них. Всегда находилось что-то такое, что и при упрямой непримиримости мнений оставалось необходимым сохранить дальше… и дальше… и дальше… И скучно не было.

А когда она решилась показать Никиту родителям, Макс первым выскочил к входной двери, сделал стойку и по-свойски бесцеремонно поставил лапы на грудь только что вошедшему в дом гостю. Таким образом, возражений и от Макса не поступило.

Гастроли глубокой осенью или зимой — это всегда неприятное дело: убитые дороги, промозглые гостиницы, мерзкий сквозняк на сцене... Надя любила гастроли даже такими. Вот только этой осенью ехать с группой в двухнедельную поездку по области ей вовсе не хотелось — в первый раз за несколько лет. Утренние недомогания участились, и надо было что-то уже решать, хотя она никому пока ничего не сказала, даже Никите. «Ладно, когда вернусь...» — решила она, и всё же поехала — подводить ребят нельзя...

Через несколько дней поездки она позвонила домой.

— Макс заболел, — папа сказал это так, что даже по тугоухому междугороднему телефону было слишком хорошо слышно его отчаяние, — ничего не ест... Я возил его к ветеринару... Говорят, что он, может, проглотил кусочек какой-то пластмассы или фотоплёнки... Рентген? Сделали, но ничего толком не определили...

В последующие дни дозвониться домой из душной переговорной будки одного из местных почтамтов у Нади получилось только один раз, но мама не сказала ничего нового — плохо Максу, плохо...

А через два дня, когда Надюша вернулась

поздней ночью после поездки, папа и мама сидели на кухне, возле того самого, выходящего во двор окна, и тихо разговаривали. Папа, привыкший решать все собачьи проблемы самостоятельно, всего несколько часов назад, когда стемнело, похоронил Макса недалеко от дома, в старом парке, возле широкой спокойной реки, где они вдвоём с ним гуляли почти одиннадцать лет. По лицам родителей Надя всё мгновенно поняла, и молча, не снимая пальто, опустилась на свободную табуретку.

— Ты, наверно, проголодалась, — мама тут же засуетилась у плиты, а папа полез в маленький старый холодильник...

— Ну, вот что, люди, — у Надюши, от её неожиданной решимости рассказать свой секрет, сердце перепрыгнуло прямо к губам, — вот что... Будет у вас скоро новый щеночек...

— Я так и знала! — обернулась к ней мама…

* * *

— Геночка, иди сюда! — зовёт Надя сына из кухни, оторвавшись от кастрюль и сковородок, где готовится большой воскресный семейный обед. — Тут кое-что есть для тебя...

Она задумчиво смотрит на пятилетнего чернявого Генку, весело прибежавшего за очищенной кочерыжкой — он очень любит сырую капусту.

Боб, форшмак и рок-н-ролл

Мы сидим с ним в небольшой пивнушке — это будка и четыре столика, врытых в землю под открытым небом Севастопольского парка.

— Я никогда не женюсь на женщине, которая не догоняет рок-музыку, — изрекает рыжий Боб.

Тему мы начали обсуждать ещё за первой кружкой пива, часа два назад, и не очень далеко продвинулись в этом обсуждении. Зато количество пустых кружек и останков сушеной рыбы на нашем столе уже достигло предела, и надо либо подзывать бабушку-уборщицу, либо нашу беседу завершать.

— Всё, пошли, — резюмирует Боб, — мне ещё на репетицию в общагу, команда ждёт. А завтра — в Москву. Надо съездить в «яму», хочу взять свежих дисков... я там вроде нашел клёвый вариант. И бабок подсобрал — летом откосили выпускной и хасню в балке у цыган. Кстати, может, поедешь со мной? Трофим отказался, а одному мне ехать стремновато.

— А что, — радуюсь я, — могу. Когда назад?

— Ну, в тот же день и назад — вечерней лошадью. Мне там долго торчать нечего. Возьмем диски, это где-то в Чертаново, и назад — на Курский. Два дня наша альма-мутер без нас, я думаю, переживет.

— Думаю, она переживет и подольше, — я весело прикидываю, что «придется» прохилять начерталку, физику, сопромат... Что ж, повод для очистки совести у меня находится вполне серьезный — приобщение к источнику рок-н-ролльных новинок, можно сказать, из первых рук.

Боб был для меня... всем.

Он владел черной с серебром гэдээровской «Мюзимой»[1], он играл в ВИА (считай, рок-группе) нашего факультета и, самое главное, у него водились фирменные диски, которые он переписывал всем желающим прикоснуться (за трешку) к сокровищам мирового рока.

Именно от него я услышал такие слова, как «темная сторона луны»[2] и «чайлд ин тайм»[3].

Именно он утверждал, что две самые нежные мелодии на свете — это песня Сольвейг и «блюз из третьего Цеппелина»[4].

---

1 Электрогитара производства восточной Германии, изготовленная по форме гитары знаменитой фирмы Fender (США)

2 "Dark Side Of The Moon", культовый альбом группы Pink Floyd

3 "Child In Time", композиция группы Deep Purple

4 "Since I've Been Loving You" из третьего альбома Led Zeppelin

Именно у него, в двухкомнатной квартирке четырехэтажного дома, где он жил с маленькой мамой Асей Львовной, стояла на самом почетном месте совершенно потрясающая вещь — радиола «Эстония» с напольными колонками, снаряженная алмазной иглой польского производства. Под окнами дома, сотрясая его дореволюционные стены, визжал и грохотал трамвай на повороте к проходной металлургического завода, но за постоянным рёвом музыки это не всегда было слышно. А когда мы, большой джинсовой компанией, приходили «балдеть» от очередного альбома кого-то из рок-небожителей, Ася Львовна незримо присутствовала где-то в районе крохотной кухни и появлялась только после финального аккорда пронзительных гитар и убойных барабанов, чтобы раздать вечно голодным студентам бутерброды из свежего белого батона и украинского сыра.

Познакомились мы с Бобом почти случайно.

В воскресенье днем я шел из гастронома с авоськой, в которой лежали плавленый сырок, французская булка и треугольный пакет молока, и на углу Центральной наскочил на знакомого, Володьку Трофимова (мы когда-то занимались с ним вместе во Дворце Пионеров в кружке моделирования). Теперь у Трофима были волосы до плеч, он промышлял «фарцовкой» дисками, постерами, иногда «джинсой», и как раз направлялся на то место, где по воскресеньям собирались дискоманы. Место это было в соседнем скверике, прямо напротив магазина.

Трофим познакомил меня с товарищем – это и был Боб. Разговаривая, мы перешли дорогу и только приблизились к плотно стоящей группе этих самых дискоманов... Сирены! Крики! Облава! Дружинники! Милиция...

Я и сообразить толком ничего не успел, как меня вместе с другими парнями запихнули в душную железную коробку милицейской машины. А в участке – досмотр (в мою авоську с плавленым сырком разные чины заглянули, наверно, раз пять), допрос (где учишься, что там, на углу, делал, не может быть, чтобы случайно, как не стыдно комсомольцу торговать пластинками западной музыки, вот мы напишем в институт)... и слушать ничего не хотят. Еле разрешили домой позвонить, продержали часа четыре, постращали (поймаем еще раз – вот тогда!..) – и отпустили.

Сырок мой – ну, никак не попадал ни под какую статью.

Одновременно со мной выпустили и Боба, и у него в этот момент ничего крамольного с собой не оказалось. Мы вместе вышли из дверей милиции, вместе пошли по улице, потом оказалось, что номер трамвая нам нужен один и тот же. Короче, познакомились поближе. А когда, держась за верхний поручень в трамвае, он произнес магическое слово «битлы», и проявил энциклопедические знания того, какая вещь в каком «битловском» альбоме находится, и не просто так, а по порядку, я уже отлипнуть от него не мог.

Мои же знания о «роке» в то время были весьма скромными. Пара вырезок из «Комсомольской правды» про то, какая это вредная музыка и как она растлевает нашу молодежь. Польские журналы с публикациями «Горячей десятки Биллборда», нерегулярно покупаемые из-под прилавка у знакомой киоскерши «Союзпечати» (всего лишь прочтение этого списка названий альбомов и групп вызывало состояние, близкое к эйфории). И журнал «Лайф», целиком посвященный «Битлз», который на один вечер — чудо! — кто-то дал моей маме специально для меня. Я просидел почти всю ночь, рассматривая цветные фото и изучая, со словарем, подписи к ним...

Ансамбль Боба назывался «АнЭлГи» — звучит по-иностранному, а означает — «Ансамбль Электрических Гитар», так что никакой худсовет не придерется.

Сначала на их репетициях мне доверяли только сматывать шнуры. Несколько месяцев спустя мне случилось посидеть за пультом старенького «Бига», когда «звукооператор» Костя, после неудавшейся накануне вечеринки пришел с фингалом такой величины и с такой головной болью, что был не в силах даже крутить ручки. А когда на танцах в спортзале института у Боба поломалась самопальная педаль-«квакушка», я, сидя рядом на гитарной колонке, до конца выступления извлекал отверткой из поломанной педали звук «way-way» почти на каждом аккорде его гитары. Мне казалось, что играю я сам.

К дискам Боб допустил меня тоже не скоро, но со своей «стипухи» в 40 «рэ», я как-то раз умудрился помочь ему купить редкий альбом Джимми Хендрикса...

Теперь меня нередко стали брать в поездки и на концерты, через меня на танцах девчонки просили исполнить ту или иную песню, а когда Боб объявлял белый танец под «Нет тебя прекрасней», какая-то из этих девчонок обязательно подходила ко мне.

У нашей с Бобом московской экспедиции — две задачи: купить новых дисков и... хорошей селедки.

Представляю, как Ася Львовна говорит ему, провожая к двери:

— Боренька, я прошу тебя, не забудь там купить хорошей селедки — я хочу сделать настоящий форшмак.

— Я помню, — раздраженно отвечает Боб, захлопывая дверь.

Но ослушаться маму он не может, при всей его любви к рок-н-роллу. Вот поэтому у нашей экспедиции — две задачи...

Первым делом из автомата на Курском мы звоним в «яму», и Боб, коротко поговорив с каким-то Сашей, начинает прокладывать наш маршрут.

Это очень долгий маршрут: метро, ожидание, автобус, еще одно ожидание, еще один автобус. И выясняется, что это не в Чертаново, а где-то еще... Мне даже чудится, что поездка с Украины на поезде заняла у нас чуточку меньше времени.

«Ямой» на языке дискоманов тогда называлось место, где можно было купить западные пластинки в большом количестве и по оптовой цене. Ходили разные слухи о том, как диски попадают в «яму», мол, везут их матросы, дипломаты...

Оказывается, что «яма» — обычная квартира в синей панельной многоэтажке.

Открывшая дверь незаметная женщина проводит нас в комнату, где мы ожидаем увидеть стеллажи пластинок, стены, увешанные метровыми плакатами с изображением длинноволосых кумиров, и, конечно, какой-нибудь «Грюндиг» или «Филипс» с колонками до потолка. Увы, кроме потертого раскладного дивана и стола в углу, накрытого клеенкой, мы не видим ничего... Впрочем, стопка запечатанных дисков на столе присутствует.

Где-то хнычет ребенок. Появившийся полный кучерявый Саша, как бы нехотя поздоровавшись с нами, показывает на стол, буркает: «Смотрите» — и опять исчезает за стеклянной дверью. К моменту, когда хозяин появляется вновь, мы успеваем отобрать и сложить в отдельную стопку все, что можем себе позволить по нашим, вернее Боба, финансам.

— Эти — по сороковнику, эти — по пятьдесят, — сообщает Саша.

Сделка происходит, и назад к автобусу мы, оглядываясь, тащим по тяжелому портфелю, набитому свеженькими мировыми хитами. В нашем городе их пока еще никто не слышал. Разве что отрывки в западном радио эфире — по ночам, вместе с хрипами и воем «глушилок».

— Знаешь, Флойд, Квины и Юрая Хип[1] могут уйти по восемьдесят, — тихо рассуждает Боб в автобусе.

_____

1 Британские группы Pink Floyd, Queen, Uriah Heep

Доходит очередь и до селедки.

Вразумительно объяснить современному человеку, почему хорошую селедку нужно было покупать в Москве и везти через полстраны, видимо, невозможно. Ну, с зарубежными пластинками — еще ладно, это как-то можно понять. Но селёдка? Почему ее нельзя было купить дома? Ответ только один: потому что дома хорошей селедки не было. Там тогда ничего хорошего не было. И примите это утверждение на веру, если хотите. Потому, что других объяснений у меня нет и не будет.

Мы отправляемся по московским гастрономам. И выходит, что и здесь не каждый магазин может удовлетворить наш (Аси Львовны) высокий потребительский спрос на селедку. Наконец где-то на Ленинградском проспекте мы находим нужный сорт — я не имею никакого представления, какой сорт мы ищем, но Боб, похоже, изучил селёдочный вопрос не менее досконально, чем положение того или иного исполнителя в «горячей десятке». Я же помню только, что селедку нужно купить развесную, а не баночную.

Вечером три килограмма драгоценной соленой снеди, в двух полиэтиленовых кульках, вложенных один в другой, и в холщовой сумке с изображением Боярского, запихиваются под нижнюю полку купейного вагона рядом с драгоценным рок-н-роллом. Боб сразу же застилает эту полку постелью, садится на нее, и так будет сидеть всю ночь:

— Я в поезде никогда не сплю, — говорит он.

Ну, не знаю, так ли это, но веских причин

бодрствовать, чтобы стеречь добытое, более чем достаточно. И в этом деле Боб не может довериться даже мне.

Несколько раз я просыпаюсь среди ночи от болтанки, неясного света, блуждающего по лицу, и, свесив голову с верхней полки, поглядываю на рыжую макушку. А он, упершись невидящим взглядом в черное окно, чуть покачивается, бьет в такт большим пальцем правой руки по животу, как по воображаемой гитаре, и тихо напевает на мотив из «Дыма над водой»[1]:

Се, лед, ка,
Се-лед, ка-а,
Се, лед, ка,
У-у…

И колеса повторяют почти то же самое.

Запах в купе стоит… удивительно, что соседи спят, ничего не замечая.

Ранним солнечным утром мы возвращаемся в нашу родную провинцию. Тысячи примерных комсомольцев уже сделали утреннюю гимнастику и отправляются в школу, на работу, в институт, а два отщепенца на красно-желтом чехословацком трамвае едут к Бобу домой, везут чуждую, идеологически вредную музыку, купленную у спекулянта за баснословные деньги…

— Привез? — встречает нас Ася Львовна и, довольная, утаскивает Боярского с селедкой на кухню.

---

1 "Smoke On The Water" группы Deep Purple

А мы, наскоро перекусив Асиной яичницей, еще долго рассматриваем шикарные глянцевые конверты, затянутые прозрачным пластиком, в уголке которых есть небольшая круглая дырочка: говорят, что так прокалывают конверты на таможне, когда ищут наркотики. С благоговением вскрываем один за другим привезенные шедевры, вдыхаем сладкий иностранный запах и читаем даже самые мелкие надписи – всё вплоть до Copyright.

Первый диск бережно, двумя руками придерживается за края и укладывается на проигрыватель «Эстонии».

Вот он начинает крутиться, вот уже игла прикоснулась к черному винилу и отражается в нем.

Мы садимся прямо на пол у противоположной стены и молчим.

Молчим, внимая мистеру Людвигу, сэру Хаммонду, мастеру Гибсону, лорду Стратокастеру[1] и «языку вероятного противника»…

Последний раз «АнЭлГи» собираются в полном составе в банкетном зале Дома быта – в качестве гостей на свадьбе Боба. Институт окончен, и многим вскоре нужно уезжать по распределению. На свадьбе играет ресторанный ансамбль.

Невесту зовут Алена. Она – на пятом месяце и немного похожа на большой белый кочан капусты, растущий в конце грядки пышного стола рядом с рыжим цветочком головы Боба.

---

1 Торговые марки музыкальных инструментов Ludwig, Hammond, Gibson, Fender Stratocaster

Ася Львовна в розовом кримпленовом платье тихо сидит недалеко от молодых, и больше никого, кроме нее и четырех «анэлгов», среди гостей я не знаю. По-моему, все остальные — это многочисленные родственники невесты.

Все крепко напиваются, орут и задорно пляшут под «Ягоду-малину». Я — тоже, но периодически настойчиво пытаюсь узнать у невесты, знакома ли она с творчеством Джимми Хендрикса? А Дженис Джоплин? А Эрика Клэптона?

Она всё хохочет, широко открывая ярко-красный рот, Боб сердится и в конце концов меня утаскивают «подышать»…

Проходит полжизни, и еще немного.

Я с женой и уже довольно взрослыми детьми оказываюсь на концерте Ринго Старра в большом крытом чикагском стадионе «Роузмонт».

Ощущение абсолютной невозможности происходящего, постоянно живущее во мне с момента прилета на американскую землю, становится еще явственнее, когда худой, бритый налысо, с седой щетиной на лице и одетый во всё черное Ринго начинает петь простенькие «битловские» песенки. В нем нет никакого «рокового» апломба. Временами он даже не совсем чисто интонирует и немного смешно подергивается возле микрофона — головой, руками, — будто неопытный кукловод управляет откуда-то сверху куклой, изображающую знаменитого Ринго. И народ в зале почему-то постоянно бродит: встают с мест прямо посередине песни – excuse me! – выходят в холлы, где продают пиво, попкорн, хот-доги и нарезанные куски пиццы, и опять – excuse me! – возвращаются к своим местам.

Правда, потом я понимаю, что эти бестолковые зрители знают наизусть слова абсолютно всех песен. Поют и уморительные семидесятилетние бабушки и дедушки в джинсах, жилетках и широкополых шляпах, и совсем юные ребята и девчонки с красными и зелеными волосами, в бесформенных кофтах с капюшонами.

Ринго исполняет «Небольшую помощь друзей»[1], и я, по старой привычке, прикидываю: это – вторая вещь на «Сержанте». А вот сейчас – «Сад осьминога», должно быть, шестая на «Монастырской дороге»… или все-таки – пятая?..

– «Octopus's Garden»? Пятая вещь на первой стороне «Abbey Road», – уверенно говорит Боб.

На кухне в белой щербатой эмалированной миске вымачивается селедка – хороший форшмак не должен быть очень соленым. Низко наклонив седую голову к столу, Ася Львовна увлеченно крошит крутые яйца и старательно терпит «борину музыку», почти беспрерывно орущую в квартирке четырехэтажного дома.

А на улице, делая поворот, визжит и грохочет трамвай. И кажется, что трамвай за окном и гитарист-виртуоз на диске пытаются заглушить друг друга.

---

1 "With A Little Help From My Friends" из альбома The Beatles "Sgt.Pepper's Lonely Hearts Club Band"

Но трамвай сдаётся.

Он уезжает, он увозит набитые раздраженными людьми вагоны к проходной старого завода, а рок-н-ролл остаётся навсегда.

Тёплая встреча

Марик, — говорила мама по телефону, не делая пауз между предложениями, — одни мои близкие знакомые хотели бы передать своим родственникам в Киеве несколько фотографий и деньги, долларов триста. Я обещала, что ты возьмёшь, когда вы полетите. Они спрашивают, удобно ли, чтобы они привезли их на днях к вам домой...

— Мама, — обречённым голосом сказал я, стоя с телефонной трубкой посреди комнаты, весь пол которой был занят раскрытыми чемоданами и вещами, — и деньги, и фотографии в Украину из Штатов давно можно переслать и другими способами, но, если это так нужно, то я, конечно...

— В общем, я им скажу, чтобы они завтра вечером к вам всё это занесли, — перебила меня мама.

После семи лет постоянного жительства в Америке мы — моя жена Лина, десятилетний сын Миша и я — наконец-то собрались повидать родину. Наш самолёт летел в Киев через неделю, и всю эту неделю к нам звонили и приходили незнакомые пожилые соотечественники. Они говорили, как пароль: «Ваша мама, Марлен, сказала нам...», и несли деньги, адреса родственников и письма с вложенными в них фотографиями. Возражать маме было бесполезно — и в последний вечер перед вылетом из Чикаго, закончив наши собственные непростые сборы, мы сидели перед списком киевских и харьковских получателей и считали чужие деньги. Их набралось — не много, не мало — около шести тысяч. И так как деньги были десятками и двадцатками (каждый пытался, оправдываясь, объяснить нам, что для их родных и друзей в Украине обменивать крупные купюры на гривны будет неудобно и невыгодно), то пачка получилась солидная. Вести подсчёты и разбираться с тем, что — кому, нам пришлось довольно долго, ведь, честно говоря, здесь, в Штатах, мы уже совсем разучились иметь дело с наличными и к тому же боялись что-то напутать.

Перед вылетом мама позвонила, чтобы пожелать нам счастливого пути и дать ещё одно поручение:

— Когда будешь передавать там письмо и передачу от меня моей подруге Фирочке, она, в свою очередь, даст тебе небольшой пакет для меня.

— Я надеюсь, что там не будет чего-то такого, из-за чего нас задержат на обратном пути в Борисполе или не пустят назад в Америку? — уточнил я.

— Можешь не волноваться, — убеждённо ответила мама, — взрывчатку я тебя везти не заставлю, просто флакон духов «Красная Москва»... пачечек

20 активированного угля... ну, и несколько лифчиков для меня...

— Мама, зачем нам тащить сюда всю эту ерунду? Зачем тебе здесь «Москва» и тем более «красная»? А лекарств тебе уже ставить некуда, ты же американские выбрасываешь целыми пачками!.. И что, в Америке лифчики уже стали дефицитом?

— Марик, не умничай! Это чудные духи моей молодости, мои любимые! И простые хлопчатобумажные лифчики, нужного мне размера, в Америке таких совершенно нет. Фирочка там с трудом их достала, я уже не могу отказаться! — отрезала мама, и наша дискуссия на столь занимательную тему завершилась...

— ...Там везде орудует мафия, — убеждённо пугал нас русский сосед в самолёте. — Если вы везёте много наличных денег и укажете их в декларации (а не указать их вы не можете), то в Борисполе таможенники сразу передадут об этом. И на выходе из таможенной зоны вас уже будут ждать и требовать откупных...

Мы молча слушали.

Въездная таможенная декларация любой страны — это достаточно идиотский документ, особенно для человека, только что пережившего многочасовой перелёт и после этого испытания довольно плохо соображающего. Украинская декларация не была исключением из этого правила, впрочем, не намного хуже других. В аэропорту Борисполя мы медленно, но справились с её заполнением, затем предъявили вещи и деньги молодой женщине в форме. Она тщательно пересчитала нашу (то есть в основном не нашу) долларовую наличность, и во время этого процесса разные, не самые умиротворяющие мысли читались на лице моей жены. Видимо, такие же мысли она читала и на моём…

И вот осмотр закончился – без проблем. Мы налегли на тележки с чемоданами и потащились к раздвижным дверям – куда? В лапы украинской мафии?

Лина катила свою тележку впереди, за ней Мишка тащил свой личный рюкзак, наполненный играми и приставкой Game Boy, а замыкающим каравана был, естественно, я. Я и чувствовал себя этаким богатым караванщиком в пустыне, в любую секунду ожидающим нападения безжалостных кровожадных разбойников.

И вот двери из таможенной зоны в холл аэровокзала раскрылись, мы выкатились из них и… Первое, что мы увидели, была очень плотная, молчаливая толпа неулыбчивых, стоящих полукругом вокруг нас мужчин, в высоких ондатровых и норковых шапках и чёрных длинных кожаных куртках. Все они, без сомнения, вожделенно смотрели на наши чемоданы. И весь их вид, казалось, говорил, что наши худшие опасения сбылись, потому что такого количества угрюмых лиц мы не видели давненько, а кроме того, от вида шапок да и курток такого рода совершенно отвыкли…

Лина на секунду остановилась, при этом Мишка оказался рядом с ней. Продолжая крепко держаться одной рукой за тележку, она ухватила его за руку, подтащила поближе к себе и, оглянувшись на меня, отчаянно двинулась на прорыв. При этом она несколько нарочито громко сказала, глядя куда-то поверх голов:

— Смотри, а вот и наши друзья — встречают нас!

И хотя нас действительно должны были встречать харьковский друг Валера и несколько киевских получателей передач, известных нам, правда, только по шпионским приметам, описанным их чикагской роднёй, но на самом деле никого из них мы пока, к сожалению, не видели...

Однако решительное поступательное движение Лининой тележки с чемоданами неожиданно оказало воздействие на толпу, и она стала раздвигаться, беспрекословно пропуская нас вперёд. А тут издали, за толпой, показались знакомые приметы встречающих: и розовая шапочка дочери дяди Гриши (ей полагалось 300 долларов и письмо), и бумажка с надписью «Марик из Чикаго!», которую на вытянутых руках держал молодой племянник, кажется, тёти Лизы (ему, если память не изменяет, было передано двести пятьдесят, несколько фотографий и брошюра с правилами вождения в Иллинойсе), и незабвенный друг наш Валерка влетел в аэропорт с улицы — видимо, полночи гнал машину из Харькова и немного опоздал ко времени нашего явления украинскому народу... И ещё кто-то, и ещё, и ещё... Опасность, вроде бы, миновала.

После недолгих объятий со знакомыми мы поторопились выполнить наш интернациональный долг — раздали «посылки» по чётко названным паролям и при полном совпадении примет получателей со списком. Это произошло прямо здесь же, в холле, под окном, в сторонке от нехорошей толпы, которая, кстати, почему-то мгновенно потеряла к нам интерес, как только мы решительно (благодаря Линке) прошли сквозь неё. Куда там они теперь смотрели, эти хмурые, озабоченные люди, мы не знали и даже оглядываться не хотели на них. Только когда раздача закончилась, мы выбрались на площадь перед аэропортом и направились к валеркиному очень старенькому «опелю», я рассказал ему о наших подозрениях.

— Чудаки, — ухмыльнулся он, — какая мафия? Это просто водители частных машин собрались перед дверями выхода с международного рейса в надежде перехватить выгодных пассажиров...

На обратном пути из Украины в Штаты мы также благополучно довезли предназначавшийся маме груз специального назначения. Таможня дала добро.

Дама с собачкой и мобилкой

Минут за тридцать до объявления регистрации на рейс в зале ожидания восточно-европейского направления венского аэропорта появилась молодая эффектная женщина, возможно, немка или австрийка, с клеткой на колёсиках — для перевозки собак в самолёте. Малиновое расстёгнутое пальто, белоснежная блуза, явно дизайнерского, нестандартного покроя, чёрные бриджи с большими декоративными металлическими пуговицами на голени и очень остроносые модельные туфли на высоких каблуках — всё это явно отличало её от остальной немногочисленной публики в зале.

Здесь, на жёстких пластиковых сидениях расположились одетые в помятые джинсы и лёгкие курточки туристы из Америки, совершенно измочаленные длительным перелётом через океан и только час назад прибывшие в Вену. Теперь они ждали пересадки на полуторачасовой рейс «Австрийских авиалиний» в украинскую столицу —

завершающий этап их путешествия. Среди них было немало русскоговорящих семей, впрочем, дети громко общались друг с другом исключительно по-английски.

Молодая женщина также присела на одно из сидений, полюбовалась на себя в зеркальце, что-то подправила в ярком макияже, а затем выпустила из клетки премилую беленькую болонку с аккуратным жёлтым бантиком. Она придерживала собачку на длинном красном поводке, что не помешало болонке сразу же подбежать к ногам одной из девочек. Дети стали предлагать болонке какое-то печенье, пытаясь погладить, а их папы — рассматривать привлекательную хозяйку собачки. Та что-то перебирала в хорошей крокодиловой сумочке свободной от поводка рукой, время от времени поглядывая вокруг и, видимо, довольная производимым впечатлением.

Девочка, к которой болонка подбежала первой, осталась стоять посередине прохода, заворожено наблюдая за красивой тётей.

Приглашение на посадку задерживали.

У дамы с собачкой залился трелями Моцарта мобильный телефон. Он тоже был не совсем обычный: розовый, блестящий, тоненький, видимо, дорогой последней модели. Сначала она отвечала тихо, потом что-то в ответах невидимого собеседника ей перестало нравиться и тон разговора стал повышаться — всё сильнее и сильнее...

Туристам стало довольно хорошо слышно (а папам и мамам — и понятно), что говорит молодая женщина... не по-немецки, как вроде бы ожидалось. И в кульминации этой возбуждённой беседы, почти криком посоветовав кому-то засунуть что-то в некое место, дама захлопнула мобильный телефон, мило улыбнулась окружающему миру и своей собачке...

Девочка повернулась к маме и спросила:

- Мамочка, what does...?

Внезапно проснувшееся звонкое радио бодро объявило долгожданную посадку на рейс. Пассажиры засуетились, зашумели, и как объяснила мама значение новых русских слов любознательному ребенку, так и осталось неизвестным.

Стоцик

Украинская фамилия Стеценко ничего не значила, потому что и вид, и манеры у него были самые что ни на есть еврейские: чёрные-чёрные блестящие жирные кучерявые волосы, немного выпуклые глаза, полное лицо и сам — весь такой мягкий, округлый, квёлый. (Лет до одиннадцати-двенадцати мог легко расплакаться, если во дворе обидели, и даже не просто расплакаться, но и зареветь в голос.)

Впрочем, по фамилии-то его никто и не называл, по имени — тоже, разве что, когда бабушка Рая начинала звать его домой, то подходила к воротам соседского двора, где он в основном и околачивался, и требовательно выкликала: «Юрка! Домой!»

А мальчишки всех ближайших домов со Старой и Новой улицы звали его Стоцик, и им в то время было ещё наплевать — кто там еврей, кто украинец, а кто русский. Лишь бы человек был не подлым, не ябедничал и умел что-нибудь делать хорошо, например, играть «в ножичка». А Стоцик умел рассказывать всякие байки.

Самая главная его байка была про отца, которого ни он, ни остальные мальчишки никогда не видели. Отец его – действительно еврей, из хорошей парикмахерской семьи, женился на русской девушке – улыбчивой студентке медучилища Ларисе, родом из пригородного села. Привёл её жить на Старую улицу к своим родителям, но вскоре после свадьбы сел в тюрьму – не много, не мало – на 15 лет: за пьяный грабёж и что-то там очень плохое ещё, подробности никто и не знал. И осталась Лариса жить с новорождённым Юркой у пожилого Якова-парикмахера и его жены в двух маленьких комнатах одноэтажного дореволюционного дома. А куда денешься? Так бы и прожила с ними все эти годы, если бы на деньги парикмахера не пристроили во дворе к глухой стене соседнего дома маленькую, но отдельную «хатынку» – кирпичный сарайчик с сенями и одной крошечной комнатёнкой, два с половиной на три метра, и не зарегистрировали этот домишко в райисполкоме, как настоящее жильё, чтобы газ туда можно было подвести для отопления. Так Стоцик и жил – целый день у дедушки с бабушкой, а вечером, когда мамка из больницы с дежурства придёт, – в этот домишко, спать. Удобства… они, в любом случае, были во дворе, разницы никакой.

В Стоцикиных же историях отец был кем-то вроде честного и благородного народного мстителя, ну как из «Неуловимых» или из «Парижских тайн» с Жаном Марэ, не хуже. И посадили отца не по делу, а подставили нехорошие друзья, и помнил Стоцик, якобы, отца именно таким вот прекрасным и благородным, и мама отца любила и ждала самозабвенно. А то, что Стоцик родился тогда, когда отец уже сидел под следствием на 1-ой Канатной улице, мальчишки подсчитать не могли, да и не хотели.

Короче, быть бы Стоцику вечным героем летних вечерних посиделок на длинной полуразломанной деревянной лавочке, врытой в землю перед двором дома номер 25, если бы не появился прямо в этом самом доме новый сосед — тонкокостный, длинноносый сутулый очкарик Женька.

Он был ровесником Стоцика, играл на фортепиано, писал какие-то стихи и обладал ещё большим талантом к рассказыванию всяких историй. Что, в общем-то, и не удивительно вовсе, потому что семья у него была «интеллигентская», а книжек, питающих воображение — полные шкафы.

Мало того, Женькин отец, искусствовед, имел доступ к специальной литературе, той, например, что поступала в кинотеатры для рекламы, а такая информация была редкой, совсем скудной по тем временам. Бывал он на кинофестивалях и выставках в Москве и оттуда также привозил горы интересных красочных буклетов, не только для своих лекций, но и для Женьки. Получая же контрамарки в театры и в кино на премьеры, часто брал с собой сына. Так что человеку тринадцати лет, имеющему к тому же и хорошее воображение, придумывать для дворовых мальчишек ежедневную «просто потрясающую историю с продолжением», иногда прямо на ходу, не представляло особого труда.

Приходили из ближайших домов даже слушатели постарше: небольшого роста, но очень крепкий, с короткими набриолиненными волосами, двадцатилетний Степан, вернувшийся после армии, и, помоложе, но сильно блатной, Аркашка, также недавно вернувшийся, правда, после совсем другой двухлетней отлучки. Предлагали всем сигареты, молчали и слушали, только иногда вставляя какие-то вопросы и замечания (типа: «А что эта чувиха была сильно красивая?»), хотя остальным пацанам перебивать рассказчика не дозволялось. И это было правильно, потому что остановись Женька — мог бы и сбиться с рассказа.

А истории Женькины были хотя и разные по содержанию, но, в основном, представляли собой довольно удивительный сплав собственной фантазии, книг Александра Беляева, Жюля Верна, Конан Дойла, фантастических рассказов из дефицитного ежемесячника «Искатель», древнегреческих мифов и сюжетов приключенческих фильмов из журналов отца, ещё не вышедших на киноэкран в их провинциальном городе (к слову сказать, и в дальнейшем не все из этих фильмов вышли в местный кинопрокат, так что источник Женькиного вдохновения во многих случаях так и остался нераскрытым).

Стоцика всё это внимание к Женьке расстраивало ужасно, а мальчишки быстро смекнули, кто чего стоит, и так как других достойных по дворовым меркам качеств, кроме устного творчества, у Стоцика было немного, отношение к нему изменилось: бить не били, но презрительное «Стоцик-Поцик» уже стало звучать довольно часто. К тому же вернувшийся из тюрьмы долгожданный отец его выглядел совсем не так, как Стоцик раньше рассказывал: приземистый, почти лысый и совсем-совсем незаметный. Мать Стоцика с ним жить не захотела, и отец поселился у какой-то своей подружки в другом конце города, почти не появляясь в старом доме своих родителей. В общем, никакой радости от его возвращения Стоцик не почувствовал, а почти позор.

Поэтому для сохранения авторитета оставалось только очень близко подружиться с Женькой и, таким образом, если не восстановить свою былую популярность, то хотя бы быть всегда рядом с главным героем, как доктор Ватсон, Санчо Панса или помощники беляевского профессора Вагнера. И вот это у него отлично получилось.

А когда и Стоцику прописали носить очки, да ещё с большими диоптриями, выглядеть он стал даже солиднее, чем Женька. На всех вечерних посиделках он всегда присутствовал вместе с ним, умудряясь сбегать из дому даже с «катаром верхних дыхательных путей», если таковой и отрывал его от дворовой жизни. Он помнил имена всех героев Женькиных историй и замысловатую канву рассказа, поэтому всегда был готов напомнить, чем закончилось вчерашнее приключение, ненавязчиво подсказать что-то рассказчику, если тот вдруг забыл или напутал. Всё это делалось крайне деликатно, никак не умаляя Женькиных достоинств, и, хотя уличное уважение к Стоцику не вернулось, но презрение утихло.

Лет в пятнадцать Стоцик первым научился играть на шестиструнной гитаре дворовые песни, что также возвысило его и в глазах Женьки, и в глазах остальных приятелей, особенно Аркашки.

Несмотря на толстые, вроде бы неуклюжие пальцы и не самый приятный голос, у Стоцика очень хорошо получалось что-то надсадно проникновенное, вроде того как:

> И вот открываются двери
> И виден кладбищенский двор.
> Три тёмных сырые могилы:
> Мать, сын и отец-прокурор...

(«Ну, протащил ты меня, чувак, протащил», — приговаривал после задушевного исполнения подобных песен Аркашка и втихаря поощрительно предлагал Стоцику «курнуть плана»... Стоцик пробовал, а потом хотелось смеяться совершенно без удержу, и сильно-сильно болела башка.)

Еще из Стоцикиного репертуара всем нравилась другая незатейливая лирическая мелодия со словами:

> Ушла, ушла любовь,
> ушла, как дивный сон,
> и некому её вернуть назад...

И вот она нагрянула, эта самая любовь, просто как повальная осенняя эпидемия гриппа, и Женьку заставила забыть свои россказни на лавочке, и Стоцика заморочила своим тяжким мучительным зудом.

И это была беда. Потому, что и у Женьки, и у Стоцика – она была одна и та же. Звали её Лида.

Женька, конечно, сразу же не преминул щегольнуть стихами: «Хорошая девочка Лида… А чем же она хороша?..». Он говорил, что это из Смелякова, но Стоцик-то знал, что это из фильма «Операция "Ы"», только он первый постеснялся Лидке это сказать.

Лида появилась в их школе ещё в шестом классе, но тогда на неё никто и внимания не обратил, а вот теперь, в десятом, – началось. И поёт, и танцует, и стихи щебечет. Вроде не очень красивая, но задорная такая. Поклонники одолевают. А Женька и Стоцик, главные среди них, – вдвоём всё время возле неё. Женька, конечно, пользовался её явным предпочтением, но Стоцик опять пустил в ход свою старую навязчивую тактику: то он один провожает её из школы, когда Женька после занятий уходит в свою музыкалку, то он в гостях у неё подолгу остаётся, даже когда одноклассники уже ушли. Плохо только, что Лидкина мать явно на него косится – сомнительный кавалер…

Осенью сосед Стёпка устроился работать на масложировом комбинате, недалеко от их дома. Как-то поздно вечером в квартире парикмахера Якова раздался перепугавший всех звонок: оказалось, неожиданно пришёл Степан.

– Теть Рая, – сказал он Стоцикиной бабке, – со смены я. Вам тут свежевыжатого подсолнечного масла принёс, надо? Я недорого возьму, там все берут, кто помногу, а я чуток… – Он хитро улыбнулся, распахнул рабочую телогрейку и показал несколько пластмассовых фляжек засунутых под ремень брюк. – Горячее ещё, жжётся... Давайте быстрее ёмкость какую-то, перелить...

И пока Рая доставала какую-то кастрюлю, Степан, расстёгивая пояс штанов, поведал Стоцику, который, как обычно, допоздна смотрел телевизор в квартире деда и бабы:

– Я, брат, деньги на свадьбу собираю, женюсь в октябре. Танька моя приехала – я, когда в армии был, познакомился. Всех соседей приглашаю, и вас, конечно, тоже...

Свадьбу Степан действительно закатил прямо во дворе, накрыли небогатые столы, гости собрались со всей улицы. Было довольно прохладно – пока не хватили по первой стопке самогона. Женька, Стоцик и ещё несколько пацанов из их компании тоже немного выпили под шумок, но угощение им не сильно понравилось, и они быстро сбежали на улицу, на знакомую скамейку — курить, пока никто не видит. Здесь зашёл немного хмельной, довольно обычный разговор про девчонок вообще, а потом — конкретно — про Лиду, какая она «клёвая», и Стоцик, ни с того, ни с сего (ну так ему захотелось хоть на миг ощутить перед Женькой своё превосходство!) соврал:

— А мы с ней уже целовались. Два раза...— и осекся.

Он увидел, что Женька, ещё секунду назад такой расслабленный и розовощёкий от выпитого, вдруг сильно-сильно побелел, резко встал и с мёртвым лицом ушёл к себе домой...

Потом Стоцик много раз пытался зайти к Женьке домой и в школе с ним заговаривал: всё хотел признаться, что соврал тогда по-дурацки, что-то объяснить, но всё было напрасно. Женька упрямо его не видел и не слышал.

А Лидка стала прогонять Стоцика домой, если он долго у неё засиживался. И как-то, во время зимних каникул, на катке, резко затормозив возле него, не умеющего кататься и стоящего на краю ледяной площадки в длинноватом чёрном пальто с отложным цигейковым воротником, прямо сказала:

— Ты, пожалуйста, Стоцик, ко мне больше не ходи... Мама недовольна, что много гостей ко мне ходит, говорит, что я плохо учиться стала, а надо серьёзно в институт готовиться... — белесые клубки её дыхания растаяли перед его лицом, хрустнули коньки ледяными брызгами — и она помчалась дальше.

Он ещё подходил к ней после школы несколько раз, но она всё время была в компании девчонок или Женьки, так что и поговорить не получалось, не то, что провожать домой...

После окончания школы Стоцика забрали в армию, но через полтора года комиссовали из-за сильно ухудшившийся близорукости; врачи к тому же предупредили, что ему категорически нельзя бегать и прыгать. Он и так был не сильно спортивный, а тут стал просто катастрофически полнеть. В старый двор он уже не вернулся — дед Яков и баба Рая к тому времени уже померли, в один год, один за другим, а Лариса наконец-то получила на себя и на Стоцика двухкомнатную квартиру в новом далёком районе. Стоцик этому переезду был рад, в первую очередь, потому, что ему не надо было больше ходить по знакомой улице, мимо дома с той же старой скамейкой, где Женька жил теперь со своей женой Лидой...

Экзамены в строительный техникум он провалил, а в автодорожный не взяли из-за зрения. На завод идти не хотелось, устроился в артель, где среди пластмассовой вони штамповали какой-то ширпотреб: расчёски, ручки к сумкам. В цеху работали одни сильнопьющие пожилые люди, приятельствовать с ними было неинтересно и незачем. Шёл домой и каждый вечер смотрел подряд всё то, что показывали по телевизору. А потом начали показывать мексиканские сериалы...

Жизнь его катилась холодным металлическим шариком, пущенным когда-то тугой пружиной детского настольного бильярда: он громко бьётся о препятствия — всяческие железные прутики и заслонки, тут и там натыканные на игровом поле; постепенно слабеет его скорость; он бесполезно выскакивает из луз с большим количеством очков и в конце просто выкатывается на пустой желобок внизу игры, так ничего и не выиграв...

* * *

— Ну, Женя, перестань кочевряжиться, — сказал официант, — просят подойти к их столу, подойди. И сыграйте, чего они там просят — парни крутые, зачем нам неприятности?..

Женька нехотя слез с невысокой эстрады. Он, как и его товарищи-музыканты, к концу вечера уже порядком набрался, и идти куда-то ему было тошно. Со своим самодеятельным «бэндом» они довольно часто по субботам и воскресениям подрабатывали на банкетах в этом небольшом кафе, но сегодня публика попалась особенно противная. То ли блатные, то ли богатые коммерсанты — не поймёшь, а, впрочем, какая разница, когда заказывают один, так называемый, «шансон»? Что им на этот раз надо и зачем было звать его к столику?

— Я вас слушаю, — сказал он, подходя.

— Это я вас слушаю, Женечка, — сказал, улыбаясь и немного протягивая слова, один из сидящих за столом, видимо, самый важный гость: Женя вспомнил, что гости весь вечер обращались к нему с тостами и речами, видимо, он и есть сегодняшний юбиляр. — Целый вечер, как ты поёшь,

118

слушаю, как когда-то слушал твои истории на лавочке...

Это был бывший сосед Аркашка, растолстевший, сильно потёртый (а на себя-то ты сегодня в зеркало смотрел?), но, несомненно, – он. Костюм – с блеском, рубашка – без галстука и очень толстая цепочка – на красноватой шее в расстёгнутом вороте.

Пришлось сесть за стол, выпить теперь ещё и с ним... Вяло поговорили о каких-то общих знакомых со Старой улицы, о Женьке («Тянешь, значит, лямку инженером на трубном и иногда здесь лабаешь? С женой развелся – три года назад?»), но о себе Аркашка ничего не рассказывал, сказал только, что сегодня, мол, его день – и всё.

– А помнишь ещё Стоцика? Смешной такой был пацан. Недавно помер. К концу был совсем слепой... – Аркашка опять налил и себе, и Женьке, – и песню такую всё пел, про любовь там что-то... Ты, может, её споёшь?

Воспоминание о Стоцике было неприятным, Женька поотнекивался, но, в конце концов, совсем уже неуверенно ступая, вернулся к своим ребятам и взял микрофон:

Ушла, ушла любовь,
ушла, как дивный сон,
и некому её вернуть назад...

Он так и не вспомнил всех слов, второй куплет вообще получился в виде сплошного мычания, но музыканты подхватили простой мотив и проиграли его несколько раз.

Аркашка встал, захлопал, за ним немедленно встали и захлопали все остальные гости.

Затем по Аркашкиному кивку один из тех, кто сидел рядом с ним за столиком, подошёл к эстраде и, не глядя на Женьку, положил на пюпитр с текстами солидную зелёную купюру...

«Черный доктор»

Квартирную хозяйку звали Алевтина Пантелеймоновна, и она была приветливой, круглолицей, миловидной, лет тридцати пяти. Сибирячка, она переехала в Крым недавно и жила пока в отдельной комнате семейного рабочего общежития. При этом, впрочем, как и все здесь, умудрялась сдавать даже эту единственную комнату курортникам и на лето перебиралась с двумя дочерьми в небольшой сарайчик, положенный каждой живущей в общежитии семье. Мужа у неё не наблюдалось. Но самой главной удачей Сергея и Антона была даже не то, что они нашли комнату в разгар курортного сезона, после многочасовых скитаний по посёлку в самый солнцепёк, а то, что Алевтина Пантелеймоновна работала сестрой-хозяйкой в пансионате «Бирюзовый залив» и довольно быстро устроила им курсовки на питание в столовой пансионата. Теперь они были избавлены от нудного стояния в очередях в двух общественных столовых, а следовательно, отдыхать в этом популярном, но довольно паршиво обустроенном для большинства отдыхающих со всей страны посёлке стало гораздо приятнее.

Целый день они сидели на пляже, купались, вяло играли в карты и увлечённо рассматривали девушек, впрочем, не предпринимая никаких действий к установлению, как принято, лёгких и скоротечных курортных отношений. Был более-менее успешно окончен первый курс института, у Сергея – инженерно-технологического, у Антона – медицинского. У каждого из друзей осталась в большом родном украинском городе любимая девушка, с которой уже случилась долгожданная близость. И хотя по ряду обстоятельств с подружками на лето пришлось расстаться (разное время учебной практики, родители девушек и тому подобные малоприятные вещи), каждый сохранил твёрдую романтическую уверенность, что именно эта девушка – навсегда, и поэтому никакие курортные романы не могут быть интересны.

Общежитие – длинное, белое, выкрашенное известкой одноэтажное барачное здание – стояло далековато от моря, почти у подножия знаменитой горы, похожей на профиль известного богемного поэта. Так что топать к нему приходилось через весь посёлок, сначала мимо характерных крымских домиков, а затем – среди душного густого запаха малознакомой городским жителям огородной и полевой зелени. У общежития было два входа – с торцов, а внутри, от одного входа к другому, через всё здание шёл длинный сквозной коридор с множеством дверей. Но так как Алевтинина комната находилась в самом дальнем конце, со стороны горы, то задний вход в общежитие, небольшая застеклённая веранда и крылечко получились как бы приватными: и столик стоял, и скамейки были врыты в землю, и верёвочки для белья протянуты, и деревца, несколько чахлые, посажены возле крылечка. И никто, кроме Алевтины Пантелеймоновны, её детей и постояльцев не пользовался этим входом, отдавая должное некоторому «начальственному» положению Алевтины в пансионате.

Дочки Алевтины – пухленькая, белокурая и постоянно растрёпанная пятилетняя Маруся и симпатичная, с веснушками и косичками, но по-южному вполне оформившаяся двенадцатилетняя Оля – целыми днями сидели в этом импровизированном дворике со своими подружками. Они играли или что-то делали по хозяйству на веранде, где стояли керосиновые печки, а иногда большой толпой шли на пляж и там обязательно навещали Сергея и Антона, окружая их многоцветной девчачьей компанией. При этом Оля и её худенькая, нескладная подружка Ира на правах хороших знакомых присаживались к подстилке парней поближе, принимая участия в игре в «дурака» или – чаще – каких-то жизненных разговорах. И у Сергея, и у Антона такие задушевные разговоры с женским полом всегда почему-то происходили довольно просто и откровенно, ну, а уж тут им казалось, что они способны поведать малообразованным юным провинциалкам что-то чрезвычайно важное и интересное про свою городскую взрослую студенческую жизнь. И девчонки действительно хотели подробно знать об этой жизни, особенно — про городских подружек Сергея и Антона, с пристрастием, не по возрасту серьёзно задавали парням какие-то совсем неожиданные вопросы, как они говорили, «про отношения»:

— И ты у неё в общежитии остался? А остальные девочки в комнате что сказали?

— А Марина — у неё стрижка удлинённая или «сэссун»?

— Что тебе её папка после всего этого сказал?

— И совсем-совсем не ссорились после этого, уже полгода?

— Света — она маленького роста, да? Выше меня?

Даже маленькая Маруся как-то внимательнее прислушивалась к такого рода разговорам, копаясь рядышком в серовато-разноцветной гальке или расчленяя медуз. Видимо, ей слушать «про отношения» было вполне привычно, в первую очередь из уст мамы Алевтины, с её явно не состоявшимся женским счастьем.

Вечерами Сергей, Антон, Оля и Ира гуляли по длинной бетонной дорожке вдоль пляжа, вроде как набережной, заполненной тихими, сосредоточенными друг на друге парочками или, наоборот, шумными нетрезвыми компаниями, в пылу безудержного веселья орущими песни под гитары и без них. А однажды им навстречу попался даже целый караван с разбитными девицами, сидящими на плечах своих кавалеров — просто шедевр дуракаваляния. Иногда ходили в летний кинотеатр. Кино — здесь это было целое событие: во-первых, не каждый день, во-вторых, в основном старое и плохого качества, а то, ко всем этим достоинствам, ещё и индийское. И если девчонки были вполне согласны и на такое развлечение, то парни презрительно отказывались и «хозяйки» оставались с ними из солидарности. Поэтому часто сидели в темноте на крыльце общаги, дышали наконец-то остывающим вечерним воздухом и опять же о чем-то болтали. Бывало, после долгого рабочего дня к ним присоединялась и Алевтина, тоже их расспрашивала, но и про себя охотно рассказывала: в её историях в основном присутствовали бывшие пьющие мужья и наглые отдыхающие со своими бесконечными дурацкими требованиями.

В один из таких вечеров Оля вдруг взяла в темноте Сергея за руку и начала медленно, еле ощутимыми прикосновениями перебирать ему пальцы, периодически вставляя какие-то слова в общий разговор. Сергей при этом сидел совсем онемевший…

— А давайте завтра устроим пикник на вон том холме, — вдруг сказала Ира, — я у мамки возьму вина классного, «Чёрный доктор». Она из совхоза приносит, я знаю где оно у ней стоит в бидончике, отлить можно.

— Да, вы такого и не пробовали, — поддержала её Оля, — говорят, оно такое редкое и полезное, что всё за границу посылают.

Парни, естественно, были не против, и на следующий вечер, когда стемнело, небольшая компания отправилась на один из недалёких холмов, на котором стоял казённый металлический обелиск — памятник погибшим солдатам. «Чёрный доктор» – для конспирации – Ира принесла в термосе, а ребята припасли ещё и бутылку венгерского «Промонтора». В матерчатой сумке у Оли были рыбные консервы, хлеб и какая-то незамысловатая посуда.

Сели на самом краешке холма в пахучую хрустящую сухую траву, спиной к обелиску, в неярком свете непривычно низкого и очень звездного неба. Снизу – невнятная музыка и мерцающие огоньки посёлка, а за ним – гора, совсем как бумажная декорация, и чуть-чуть блестящая большая темнота притихшего ночного моря.

Сочетание сладкого вина и консервов было, конечно, довольно странным, впрочем, и сама компания, и место – также. «Чёрный доктор» действительно показался вкусным, правда, уж слишком насыщенно сладким, но впечатляло, вероятно, не само вино, а то, что́ девчонки рассказывали про него. И про целебные свойства, и как оно доставалось, потихоньку выносимое работниками из ближайшего винодельческого совхоза, где работали многие жители посёлка.

Оля опять сидела близко от Сергея, чуть впереди. Она смотрела на море, а он смотрел в полумраке на её ухо, чувствовал слабый тревожный морской запах от её кожи, платьица и волос и боролся с жутким желанием крепко прижать её к себе – только руку протяни. Она даже заныла, эта рука, и холодело внутри от таких мыслей.

После «Чёрного доктора» попробовали и «Промонтор», но все единогласно заявили, что венгерская «краска» нашему «Черному доктору» и в подметки не годится. А дальше разговор клеился плохо, лирическое настроение сменилось какой-то бравадой. Оля начала беспричинно смеяться, Антон как бы невзначай положил руку на Ирино плечо – и та не возражала. Это Сергея как-то особенно возмутило, он-то старательно помнил, что девчонки совсем ещё дети и – «ничего нельзя», и стал тащить компанию к морю. Впрочем, он всегда комплексовал и всего чересчур боялся. Они собрали сумку и ушли на берег прогуливать захмелевших девчонок перед возвращением домой.

Так всё и закончилось в тот вечер, а вскоре настал день отъезда. Билеты на автобус из посёлка в Феодосию и на поезд были куплены заранее, ведь иначе никак не уедешь – народу отдыхающего слишком много.

Автобус отходил в середине дня. Оля и Ира прямо с пляжа пришли провожать на автостанцию. Мокрые купальники проглядывали сквозь их цветные блеклые сарафанчики. Были чинно пожаты руки и пожелания «приезжайте ещё» произнесены бодрыми девчоночьими голосами, но беспокоило что-то, бог знает почему. Вроде и не подружки они были им совсем, не ровня, и вообще не было ничего, кроме задушевных разговоров под крымским небом и одного неполного термоса с «Чёрным доктором», а вот...

Четыре года спустя Сергей со Светой приехали в посёлок в своё «свадебное путешествие». Они только-только окончили свои институты, только-только поженились, и для другого, не «дикого» отдыха ни денег, ни путёвок у них, естественно, не было. Они пытались остановиться у Алевтины, даже писали ей заранее, но та ответила, что всё у неё занято. И опять же, после целого дня поиска, им пришлось снять нечто вроде фанерного домика, видимо, летней кухни, в другом конце посёлка. На пляже поджаривалось много знакомых из их родного города, так что было весело. В первый же день в одном из пляжных разговоров Анька, одна из Светкиных приятельниц по институту, поведала про местную дискотечную знаменитость:

— Тут одна девчонка на танцах вышивает, вы бы видели! Юбка — ну, короче уже совсем некуда, на голове — вот такая «химия», танцует — как из немецкого балета, что по телеку показывают. Мужики все вокруг стонут, каждый вечер — новый кавалер и сплошные разборки... Местная, её весь посёлок знает. Зовут её как? По-моему, Ольгой...

Вечером на танцах во всё том же «Бирюзовом заливе» Сергей в этой самой задиристой, полногрудой, чертовски стройной красавице с трудом, но признал Олю, Алевтинину дочь. Кос, конечно, уже как не бывало, веснушек тоже было не разобрать под яркой «боевой раскраской». Она танцевала не просто хорошо и легко, но крайне вызывающе. Никто, даже из столичных приезжих, так не решился бы никогда. Ни одно из движений не было выученным, стандартным — только безудержно метался кусочек ткани, изображающий супер мини-юбку, взлетала над толпой копна волос и мелькали тонкие руки и ноги в экзотически откровенном ритуале. И окружали её после каждого танца вовсе не парни, а какие-то совсем немолодые мужчины.

Один раз она прошла в подобной компании недалеко от Сергея и Светки, с сигаретой в руке, нарочито громко и развязно говоря что-то одному из ухажеров...

* * *

— А помните, много-много лет назад, в советские времена, было такое дефицитное крымское вино «Чёрный доктор»? Я, представьте себе, купил на днях бутылку такого здесь, в русском магазине на Брайтоне. Кому налить — попробовать к десерту? — сказал хозяин вечеринки Саша, откупорив бутылку с изображением множества медалей и чего-то южнобережного.

Большинство из сидящих за столом отказались: несколько часов подряд пили водку, и смешивать как-то не хотелось. Рюмки протянули две женщины и Сергей.

— Не в обиду тебе будет сказано, Алекс, — сказала хозяину одна из этих женщин, попробовав, — но я слышала, что это уже не то вино. Старый рецепт потерян, и сейчас они выпускают там совсем не то, что раньше... Ну, а ты, что скажешь? — обратилась она к Сергею, медленно тянувшему свою порцию тёмной приторной жидкости.

— Я думаю, ты права, — проговорил Сергей, — это совсем не то, что было раньше.

Драка

Скажи, ты дрался когда-нибудь по-настоящему? — неожиданно спрашивает она.

— Ну, я не помню... наверно, нет, — несколько озадаченно отвечаю я.

— Что — совсем никогда не дрался? — она возмущенно приподнимается на локтях.

— Да, вроде, никогда... — я присаживаюсь на край кровати.

— А почему? Я думаю, что настоящий мужчина обязательно должен драться, чтобы заслужить уважение. Вот Полянский...

— Не было у меня такой необходимости — драться. — В задумчивости я, как обычно, смотрю куда-то в сторону и вытягиваю губы трубочкой. — И почему это «настоящесть» мужчины определяется таким образом? Есть другие способы заслужить уважение...

— И не били тебя никогда?

— Не били. Ну, было пару случаев в детстве и молодости, когда могли отлупить, но мне везло —

обошлось. Вот, например, на первом курсе, через несколько месяцев после начала занятий, пошел я с одной девушкой на танцы в спортзале института. А она до знакомства со мной успела несколько раз сходить на свидание с другим парнем, который был старше – с четвертого курса, крепыш, спортсмен. И как только начала играть музыка, он подходит ко мне и вызывает на улицу. Я собрался выходить (не от большой смелости, а потому что толком еще не сообразил, что делать). Но тут подлетает к нам один из наших сокурсников, азербайджанец Мази, боксер. Он, оказывается, очень уважал меня за пение и игру на гитаре – я даже не знал этого. Я тогда почти всюду таскал гитару, и Мази неоднократно слушал мои песни на вечеринках в общаге. «Нэт, – говорит Мази моему сопернику, – он ныкуда не пойдет, я пойду». И они вышли. Оказывается, там за дверями несколько приятелей крепыша ждали, чтобы со мной разобраться. Мази вышел и сразу дал им понять, что я, мол, – его друг и, если что, он готов за меня заступиться. С Мази связываться они, конечно, не решились – и сам он был отчаянный, и в институте училось немало других ребят из Азербайджана. Не дай бог тронул бы кто одного из них – все ребята с Востока за него бы отомстили, мало бы обидчикам не показалось. Короче говоря, вечером после танцев, мы с этим крепышом спокойно встретились в комнате у Мази, поговорили. Выпили по рюмке. Крепыш говорит: «Да ладно, мне она совсем и не нужна, гуляйте. Это я так – из принципа». Ну, мы еще выпили за принцип, и еще...

— А если бы тебе все-таки надо было подраться, ты бы не струсил? – перебивает она.

— Ну, если бы на-а-до... – тяну я, – однако, думаю, во многих случаях есть способ, чтобы этого избежать и решить проблемы мирным путем.

— Есть проблемы, которые никак не решить мирным путем, – в задумчивости она, как обычно, смотрит куда-то в сторону и вытягивает губы трубочкой. – А Полянский – он точно может подраться за справедливость...

И после короткой паузы твердо добавляет:

— И за меня!..

— Хорошо, о Полянском мы поговорим завтра, – я встаю и собираюсь уйти.

— Нет, подожди, – настойчиво продолжает она, – вот ты каждый день бегаешь по утрам и делаешь зарядку с гантелями. Это для чего? Чтобы быть сильным, да? Значит, ты все-таки готов подраться? И дать в морду какому-нибудь врагу?

— Я делаю зарядку по утрам уже много лет – привык я так. И для здоровья...

— Для здоро-о-вья... – разочарованно тянет она.

— Все, спи! – решительно заявляю я, щелкаю выключателем и выхожу из ее спальни.

Жену я нахожу в той комнате, где стоит компьютер.

Она сидит в наушниках и что-то увлеченно рассматривает на мониторе.

— Ну, что? Она спит? – чересчур громко спрашивает жена, завидев меня краем глаза и не поворачивая головы.

Я пытаюсь что-то сказать, но она тут же продолжает:

— Мне нужно сегодня работать допоздна, так что завтра утром её отводишь ты... Так что ты хотел?

— Послушай, — наконец говорю я, — а ты, случайно, не знаешь, кто это у них там такой по фамилии Полянский?

Сервиз Гарднера

Буфет был величественно высок, из настоящего дуба и напоминал здание готического собора: центральная часть – с резным заборчиком-балюстрадой по верху и большой широкой стеклянной дверцей, а по бокам – две высокие башни с длинными узкими дверями. Сервиз стоял обычно в центральной части буфета, и в яркие дни лучи из окна до краёв наливали его тонкие, почти прозрачные чашки тёплым солнечным напитком, проникая сквозь овалы, квадратики и прямоугольнички толстых гранёных стёкол главной дверцы. Когда Розочка подтаскивала к буфету тяжёлый стул, влезала на него и заглядывала через эти стёклышки внутрь, рискованно становясь на цыпочки, ей была видна сложная композиция из восьми чашек, такого же количества блюдец, молочника, сахарницы и заварочного чайничка — всё это с миниатюрным узором бело-жёлтых ромашек на густом изумрудном фоне. Все предметы, конечно, были повёрнуты к зрителю своей лучшей стороной – с рисунком (это горничная Полина старательно расставляла их так, возвращая в буфет после каждого чаепития с гостями), но девочка знала, что несколько узеньких стебельков усердно тянутся и на обратную сторону каждой чашки. Розочка вообще любила заглядывать в разные потайные места – и за пианино с бронзовыми подсвечниками, и под круглый стол, накрытый почти до пола длинной шелковистой скатертью, и под кровати, – но эта дверца в буфете, где тихо обитал старинный сервиз, нравилась ей больше всего.

Однажды – как-то сразу – и гости, и чаепития прекратились. Взрослые всё время были сильно взволнованы, говорилось много незнакомых слов, с тревожными буквами «р», которые Розочка плохо и картаво произносила... На улице часто стали раздаваться оглушительные весёлые хлопки, и, хотя Розе было очень интересно выяснить, что же это такое, гулять туда её больше не пускали... Вдруг, как-то ранним утром, Розочку разбудил неимоверный шум – она никогда не слышала, чтобы так стучали во входную дверь, и выскочила из своей спаленки. Какие-то крепко пахнущие противным кислым запахом люди, в высоких шапках и полушубках, уже толпились в гостиной. Все домашние – папа, мама, бабушка и Полина – стояли рядом, а эти люди почему-то орали на них:

– Золото!!! Золото давай, жидовня!

При этом один из этих невежливых людей сильно стегнул плёткой по стулу, а другой так резко рванул дверцу буфета, что из него выпала и звонко разбилась на малюсенькие кусочки сервизная чашка... Что было дальше, Роза не видела, потому что мама тут же утащила её назад в спальню. А когда, через какое-то время, Розочке опять разрешили выйти в гостиную, там уже всё было по-старому: кислых людей не было видно, осколков чашки – тоже. И можно было подумать, что всё это ужасное событие девочке просто приснилось, если бы она тут же не заметила глубокую рану на том стуле, что обычно стоял у буфета: обшивка на нём треснула и какая-то пыльная белая вата некрасиво торчала изнутри – Розочка тут же потрогала её... Этот несчастный стул ещё долго стоял в гостиной, но никто не обращал внимания на случившуюся с ним беду...

* * *

– Вот, смотри, – говорила мама, тщательно заворачивая каждую чашку в несколько слоёв газеты, – здесь, снизу – двуглавый орёл и надписи: «Москва», «Заводъ Гарднера» – с твёрдым знаком... Дедушка говорит, что наш сервиз изготовлен в 18 веке одним из первых русских заводов фарфора и фаянса – заводом Гарднера. В двадцатых годах, когда махновцы ворвались в дом, я была ещё совсем маленькая. Во время этого налёта и разбилась одна из чашек...

Мама и Маруся сидели на полу среди корзин, узлов и баулов, которые стали складывать прямо посередине квартиры уже несколько дней назад. Маруся знала, что они едут вместе с жестекатальным заводом, на котором главным инженером работает папа, и отъезд этот называется не просто отъезд, а «эвакуация». Радио говорило совсем дикие вещи, и выходило, что немцы всё приближаются и приближаются к их городу. Так что мамины спокойные рассказы о сервизе звучали сейчас совсем странно, похоже, что она просто отвлекает Марусю и себя от чересчур опасных мыслей.

* * *

...Приехали на Урал, в какой-то Северск. Даже название этого посёлка звучало холодно и страшно... Здесь действительно уже лежал снег, хотя дома они оставили совсем ещё не позднюю осень. Рядом с посёлком гремел, пыхтел, испуская дым и вонь, металлургический комбинат, а вокруг, на многие и многие километры — мелкая мука позёмки и молчаливые, тёмные леса с высоченными соснами. На этот комбинат и прибыло эвакуированное с Украины оборудование жестекатального завода. И его работники. И они — папа, мама, дедушка, бабушка и Маруся.

Сняли небольшую избу, скорее избушку на одну комнату в хозяйстве Харлампия Петровича и Елизаветы Федоровны, коренных местных жителей — потомков каторжников и золотоискателей. А как устроились, самой первой неприятной заботой стали... вши. После многих дней изнурительного пути в теплушках, сна на узлах и вокзальных скамейках ими особенно кишели Марусины косы — так что ей пришлось превратиться в хорошенького, коротко остриженного мальчика. Но и это не помогло обойтись без керосина, нудного многократного вычесывания Марусиного ёжика мелким бабушкиным гребешком и насекомых, выпадавших на подставленную бумажку... Замученную, сонную, красноглазую Марусю сначала даже не особенно удивило устройство деревенской жизни: деревянная пахучая русская баня во дворе, непривычный вкус ледяной колодезной воды, да и сам колодец, сени, сани, лошади... Потом она всё хорошо рассмотрела – и довольно быстро привыкла.

В первый класс школы – с опозданием на несколько месяцев – Маруся пошла уже через несколько дней. Вернее, поехала: по утрам детей из ближайших домов к школе подвозили на розвальнях соседские взрослые сыновья, отправляясь на работу. Если по какой-то причине подвезти было некому, Маруся с подружкой Милкой Веткиной и хозяйским сыном Андрейкой топали в школу сами, по снегу – далеко, но ничего, дойти можно.

Одно плохо – поначалу было голодно. Папа получал на заводе хлеб, но с другими продуктами приходилось туго. Марусю, конечно, старались подкармливать, как могли.

– Роза, – говорила бабушка, – у ребёнка молочка нет... Пойди, выменяй у людей на чулки...

И мама меняла – на свои новые красивые чулки, кофточку, косынку... А один раз, когда Маруся приболела, даже поменяла чашку из сервиза на маленькую баночку мёда.

Вскоре дедушка начал где-то подрабатывать: пилил дрова, чинил что-то хозяевам – за картошку, за лук... И мама пошла работать на завод, сначала в цех, потом печатать на машинке. Она тоже получила паёк – и стало полегче.

* * *

За два дня до Нового года Маруся заявила Милке Веткиной:

– Милка! Как же мы будем встречать Новый год без ёлки? Папка твой всё время обещает привезти, и мой тоже – и всё им некогда и некогда... Давай сами пойдем в лес и срубим маленькую ёлочку!

Мила тоже была «эвакуированная», но не такая решительная, как Маруся. Она долго думала, наверно, минут пять, потом согласилась. Девчонки незаметно (Марусина бабушка была дома) взяли в сарае маленький топорик, положили его в санки и направились в лес. Он, казалось, совсем рядом – стоит только белую полянку перейти. И нужных ёлочек там должно быть полным-полно.

Ходили долго, санки уже с трудом тянули за собой, несколько раз падали, в снегу извалялись, но маленькую ёлочку не нашли. Когда же нашли что-то похожее, оказалось, что где-то посеяли топорик, видимо, упал с санок. Принялись его искать – и совсем заблудились: ни топорика, ни ёлочки, ни тропинки домой... А темнеет – рано, быстро... И тихо-тихо стало, страшно-страшно...

Друг на друга девчонки уже не глядят, всё по сторонам, вот уже и блёстки какие–то в лесу показались – волчьи глаза, наверное... Милка начала потихоньку подвывать от страха, Маруся тоже бы закричала в голос, но нельзя.

— Молчи, — говорит она Милке, — не вой. Давай вон туда, в ту сторону... Нет, вон туда...

Бродили пока совсем стемнело. Вдруг в лесу за спиной какое-то шевеление — девчонки совсем обомлели...

— Тю, чево вы, — дурные? — говорит знакомый мальчишеский голос. Да это же Андрей! — Вас там уже обыскались! И ваши, и все мои... Я вот додул, куда вы делись, и по следам вашим попёр — хорошо, что снег не идёт... Давайте домой скорее, а то попадёт вам по первое число!

Домой почти бежали из последних сил, опять падали, но уже весело, не страшно с Андреем-то: он и дорогу знает, и про волков смеётся — нет тут никаких волков, говорит. Наверно, нарочно, чтобы их успокоить...

Дома попало за всё — особенно за дедушкин потерянный топорик. Правда, не лупили, наверно, от радости, что они нашлись. И вообще Марусю никогда не лупили, хотя она всю вину на себя взяла, даже к Милкиной маме, тёте Гале ходила извиняться (так Марусина мама сказала).

Ёлку привезли на грузовичке на следующий день, совсем не маленькую, поставили у них в избушке, украсили какими-то цветными бумажками и ленточками — и всё было как положено. И Милка, и Андрей, и другие соседские дети пришли.

А под самый Новый Год, мама позвала Марусю за шкаф, который, как перегородка, стоял посреди избы, закрывая кровать. Она распаковала баул со старинным сервизом, достала чашку с блюдцем и говорит:

— У нас ничего особенного нет, чтоб подарить... Ни книг, ни игрушек... А какие наши хозяева люди хорошие, так за вас волновались... Андрей – вообще молодец! Подари ему вот это на память...

* * *

Огромный чикагский выставочный комплекс Маккормик Плэйс располагался на берегу озера Мичиган, рядом с весёлой и очень красивой скоростной дорогой Лейк Шор Драйв. Машину Аня запарковала в бесконечном подземном гараже, записала на парковочном билетике номера отсека, ряда и места (если забудешь, где оставила, машину придётся искать целый день), спрятала билетик в портмоне и бодро зашагала по подземному миру туннелей, переходов и бегущих дорожек, рассматривая указатели и стараясь не заблудиться. Спрашивать, куда идти, здесь было не у кого – пространства столь велики, что людей почти не видно, хотя одновременно в комплексе проходит несколько профессиональных выставок. Через десять минут ходьбы Аня стала уже понемногу паниковать, но наконец – ура! – увидела надпись, сообщающую о Международной выставке фарфора и фаянса, а вскоре нашла и тот отдел, в котором расположились изделия их фирмы и стояли её собственные творения. До начала получасовой презентации оставалось буквально пару минут, и около полусотни приглашённых уже сидели в специально отведённом для этого отсеке с микрофонами и видеопроектором...

Когда всё закончилось, Аня ответила на несколько незначительных вопросов по поводу своей коллекции, а затем отправилась поглядеть на соседние отделы. Недалеко, в том же павильоне, оказался выставочный киоск русской фирмы с Урала. Аня заинтересовалась экспонатами соотечественников и подошла поближе. К ней сразу же направился молодой сотрудник, предлагая свои услуги. Наклейка с именем на его футболке гласила «IGOR», а английский, хотя скорее британского, а не американского образца, звучал уверенно и вполне прилично. Сопровождая Аню вдоль стендов, он принялся что-то старательно объяснять, но она, не особенно вникая в смысл, просто с удовольствием слушала, как он говорит, мысленно улыбаясь знакомому акценту и с интересом посматривая на рассказчика, когда в процессе пояснений он поворачивался к ней боком.

...Симпатичный, чернявый, с деликатными чертами быстрого лица...

«Не то что твой надутый американец Майкл» — сказала бы мама.

Маме Майкл не нравился.

«Да, мне твой Майкл никогда не нравился, а этот парень — наш человек...» — так, конечно, продолжала бы мама.

Ну, Майкл уже полгода как совсем не «её», и вообще уехал работать в Детройт...

Неожиданно молодой человек что-то сказал об изделиях старинного русского завода Гарднера. Аня глянула на стенд — и обмерла: под стеклом, в качестве примера, стояла чашка с блюдцем — ну, точная копия чашки из её домашнего сервиза!

— Простите, Игорь, — сказала она по-русски, введя собеседника в полный ступор, — не могли бы вы сказать, откуда взялась здесь эта чашка? Дело в том, что у меня хранится, так сказать, фамильная реликвия — сервиз Гарднера, привезённый родителями и бабушкой из Союза. В сервизе не хватает нескольких чашек. И, похоже, как раз эта вот чашка из такого же комплекта...

— Вы говорите по-русски! — только через несколько долгих секунд смог выдавить изумлённый Игорь. — Я... Эта чашка?.. Это, в общем-то, моя личная чашка... Когда мы готовили сюда экспозицию по истории русского фарфора, я временно взял её из дому... А вы что, русская? И живёте здесь?

— Ну, можно так сказать, — улыбнулась Аня, — меня зовут Аня, — и протянула руку...

На правах американской хозяйки Аня пригласила Игоря в одно из маленьких кафе, которое располагалось тут же, в холле, на выходе из их павильона. Она понимала, что сам он ни за что бы не решился здесь на такой смелый поступок, а ей так хотелось узнать подробности...

— Мне рассказывала мама, что эта чашка была вроде подарена моему деду одной девочкой. Это было ещё во время войны. Эвакуированная семья этой девочки жила в их доме, в Северске, а дед в ту пору был, конечно, ещё мальчишкой, ровесником девочки или немного старше. Правда, имени этой девочки мама не знает, а дед умер много лет назад...

— А как, Игорь, звали вашего дедушку? — Аня

вдруг почувствовала зудящий холодок предчувствия.

— Его звали Андрей...

Она уже набирала номер на мобилке. Соединение отсюда была неважное, сигнал то и дело прерывался.

— Мама!.. У меня всё в порядке... Говорю, в порядке. Да, я на выставке... Скажи мне, пожалуйста, как звали того мальчика из Северска, о котором нам рассказывала бабушка? Ну, который спас её в лесу, и которому подарили чашку... да, чашку из сервиза! Мне зачем? Нужно!.. Сергей? Андрей?.. Повтори, пожалуйста, плохо слышно... Андрей!

Ещё держа телефон у щеки, Аня встретилась глазами с Игорем. Вид у него был совершенно сумасшедший...

* * *

Сервиз стоит на центральном стеллаже одного из стеклянных шкафов в гостиной большего дома. Здесь всегда много света, и лучи из высоких окон до краёв наливают тонкие, почти прозрачные чашки тёплым солнечным напитком. Роуз (прабабушка Маруся смешно зовёт её по-русски «Розочка») хорошо видна композиция из шести чашек, блюдец, молочника, сахарницы и заварочного чайничка — всё это с миниатюрным узором бело-жёлтых ромашек на густом изумрудном фоне. Все предметы, конечно, повёрнуты к зрителю своей лучшей стороной — с рисунком, но девочка знает, что несколько узеньких стебельков усердно тянутся и на обратную сторону каждой чашки... Впрочем, при желании, это можно разглядеть и в зеркальном заднике шкафа.

Роуз не разрешают открывать широкую стеклянную дверцу, но она подолгу рассматривает через стекло это место, где тихо обитает старинный, немного потёртый сервиз, а вокруг, на соседних полках, от пола и до потолка расположилось множество многоцветных керамических изделий, сделанных по рисункам её мамы.

Но иногда, когда она долго стоит здесь, ей почему-то видится нехорошее: какая-то маленькая девочка в далёкой стране в длинном платье с оборками плачет навзрыд, спросонья испугавшись звона разбитой чашки и криков чужих грубых людей... и над другой девочкой, зачем-то едущей куда-то и сидящей в грязном вагоне с железными болванками, отвратительно ревут самолёты и безумно громко лопаются взрывы... и стоит непроходимой, тихой холодной жутью лес... и ещё много непонятного...

Тогда Роуз быстренько уходит в свою комнату на втором этаже – к домику Барби из яркого розового пластика, к компьютеру с забавными играми, к интернетовским друзьям и телевизору, занимающему почти половину стены непрерывными мультсериалами на любимом канале Николодион.

Сметана

Между первой и второй – перерывчик...
Да, да, закусывайте, а пока позвольте
мне рассказать нечто... гастрономическое. Ну почему, «молчи Яша», почему? Я не скажу ничего крамольного, тем более что уже не 37-й, и не застой, и КГБ уже давно нет... И нас там уже нет, в той стране... Так что не закрывай мне рот, товарищ Берия.

Со сметаной у меня особые счеты. Лет в тринадцать, летом, мама послала меня в магазин «на проспект» (так, в отличие от нескольких других гастрономов, называли большой продуктовый магазин, расположенный в длинной сталинской пятиэтажке рядом с центральным кинотеатром на центральной улице города; кинотеатр, естественно, назывался «Родина», центральная улица – проспект Карла Маркса; а как же еще – в украинском городе, в шестидесятых годах 20 века?). Так вот, послала меня мама за сметаной. Я согласился пойти, но «с боем» – и не потому, что ленился, а потому что был настолько стеснительный, что даже в магазине боялся рот открыть — там же надо было что-то говорить, спрашивать... А мама, конечно, этого не понимала, думала, что я ленюсь. Хотя, если б она меня не посылала в магазин, я, наверное, и до сих пор боялся разговаривать с людьми и вам обо всем этом ничего не рассказал... Мне показалось, что вы сказали: «И слава богу»?.. Нет?

Поплелся я, значит, мимо кинотеатра в гастроном, было лето, жарко, на мне — тонкие светло-серые брюки (мама пошила), вообще-то я ими здорово гордился. В руке — авоська, в авоське — чистая стеклянная банка и крышка, сметану-то продавали тогда на развес... или разлив, как правильно сказать?

Очереди в магазине, на удивление, не было. Не очень внятно я попросил у продавщицы молочного отдела «кило сметаны». Она набрала мне сметану из большого серого бидона, орудуя черпаком с длинной ручкой, взвесила; я заплатил названную сумму в кассу, вернулся и отдал чек. Продавщица поставила заполненную банку на высокий прилавок-холодильник между нами, и я, протянув вверх руки, попытался закрыть банку тугой пластмассовой крышкой. В доли секунды скользкая банка вывернулась из моих корявых рук и выдала почти всё своё холодное, густое, белое содержимое на переднее стекло прилавка, на мою рубашку и штаны. Продавщица какое-то время почти невозмутимо смотрела на все это, затем, не говоря ни слова, протянула мне пачку листов плотной коричневатой оберточной бумаги, а затем, забрав банку на свою сторону, немного оттёрла ее тряпкой и закрыла моей злополучной крышкой. С горящей физиономией я принялся убирать сметанный потоп со всех доступных мне мест — со стекла, пола, штанов... Потом собрал скомканные мокрые бумажки в урну, сунул несчастную банку с остатками содержимого в авоську и помчался домой. Но уже не по проспекту, а задними дворами, где это было возможно, стараясь ни на кого не глядеть...

Дома меня не ругали, если не считать одного тихого слова «шлемазл»[1], сказанного бабушкой, когда я появился в дверях, а мама бросила мои штаны в миску с горячей водой и стиральным порошком «Новость»... и пошла за сметаной. Сама. Штаны удалось спасти, и я потом ещё долго щеголял в них — до конца лета.

Следующим летом мы отдыхали с родителями в Бердянске. Как? Вы не знаете Бердянска? Этот такой городок на Украине... в Украине, да я помню, так теперь надо говорить. Совершенно верно, на Азовском море. Тихое, жаркое место... Очень терпкий, сладкий запах больших смоленых баркасов, которые лежат черными блестящими глыбами повсюду на берегу. Можно отколупнуть от борта кусочек смолы и нюхать... Как хорошо я, оказывается, помню этот запах. И почерневшие от смолы руки. И вереницы серой сухой таранки — повсюду: на заборах, в домах, в летних кухнях... Ну, да-да, мы сейчас — о сметане.

Мама с младшим братом должна была возвращаться домой раньше (ей нужно было на работу),

---

1 Несчастный, неловкий, придурок (идиш)

мы с папой остались отдыхать в Бердянске ещё на одну неделю. А кулинар из моего папы — никакой (из меня, по наследству — такой же). Поэтому, на обед мы ходили в какую-то дохлую местную столовку недалеко от моря, а завтрак и ужин папа сочинял сам. Одним из таких его сочинений являлась тарелка сметаны с крупно накрошенным туда хлебом — он сказал, что в его детстве, в войну, в эвакуации, это было для него самым замечательным блюдом. Ну, я, наверно, не выжил бы в эвакуации, потому что после такого блюда мне стало, мягко говоря, хреново... а может, в войну сметана была не такая жирная. В общем, меня стошнило — и не один раз... извините, сидим за столом... и после этого я долго употреблял сметану только малюсенькими порциями. Потом, правда, это прошло. Всё проходит.

А тут вот еще что. Знаете, какая у моей жены девичья фамилия? Сметанкина. Фамилия, скажу вам, относительно редкая. Если взять телефонную книгу нашего города, то разных Сметаниных вы найдете много-много, а Сметанкины — только ее семья. И во дворе, и в школе, и в институте, где она училась, все друзья всегда называли ее не по имени, а только так — Сметана. Привет, Сметана! В кино идешь, Сметана? Пошли на перекур, Сметана... ну, это уже позже. Сейчас, наверно, звучит смешно — у нас такие большие дети, и вообще...

Так что мне, можно сказать, опять повезло с этой сметаной... Вы же ее знаете, характер еще тот! Нет, ну не то что мы живем плохо... По-разному. Да и кто — хорошо? Только теперь, когда мы прожили вместе уже двадцать лет, я смотрю на свою жену и вспоминаю не очень приличную... да, ты уже мне говорила: сидим за столом, но из песни слов не выкинешь... в общем, я вспоминаю такую народную поговорку: «Своё говно — сметана»...

Что ты кипятишься, опять — «Яша, молчи»! Тут все свои люди, шутки должны понимать.

Вы спрашиваете, есть ли в «оливье» майонез? Нет, его мы не кладем, лучше — сметанки...

Чистая душа

Вячеславу Павловичу так хотелось найти и крепко, навсегда, полюбить чистую душу – просто сил не было, как хотелось. И тут ему подвернулась Зиночка – случайно, совсем, случайно! – в компании у Гринбергов. Когда он пришел с «бутылью шампусика» (а вот и Вячик! да, это я, держите – итальянское!), Зиночка усердно помогала хозяйке расставлять большие сервизные тарелки на столе, и Вячик тут же обратил внимание на какой-то такой совсем беззащитный пробор в ее тёмных волосах и рассеянный, легонький, бледно-серый взгляд, почти всегда куда-то вниз.

«Она!» – ёкнуло у него... ну, где-то там, где всегда ёкает, когда... Короче, в конце вечеринки он стал активно пристраиваться к Зиночке, чтобы её проводить, хотя такие решительные наступательные действия обычно давались ему с ба-а-льшим трудом. И пристроился, соврав, что живет «в той же стороне».

Пока ловили попутку на непривычно свободном ночном пространстве улицы Таких-то Героев, общаться было полегче – с помощью междометий и отрывков фраз (да-а, этот сейчас, наверно, проедет, не остановится, оу! эй! ну-ка! дядя, давай тормози, вот и отлично, пять, а за три? садитесь, Зина, вот сюда). В машине, на заднем сидении, стало гораздо труднее: общих тем оказалось крайне мало, то есть их не было вообще, и Зиночка отвечала так односложно, что и уцепиться было абсолютно не за что. Ну, сначала, конечно, про Гринбергов немного поговорили (а откуда вы их знаете, они просто замечательные, я – старый друг, а я – с Танюшей работаю, вместе в одном отделе, да что вы говорите, вот интересно). Потом стало совсем тяжко, Вячик даже ни с того, ни с сего в автобиографию ударился, а эта тема у него была совсем уж бесперспективная – институт почему-то горнорудный (почему, почему? – чтоб от армии откосить), потом – практика, работа, скоропостижная женитьба и такой же развод – сокурсница была симпатичная, ласковая, приезжая из Пригородного Района, она уже опять вышла замуж за их общего знакомого (стоп! обо всем этом вообще незачем сейчас распространяться). Зина смотрела как бы в окно... или мимо, не поймешь, дела были совсем плохи. Коленки, впрочем, очень симпатично выглядывали у нее из-под черно-красного клетчатого пальто. А еще я люблю слушать музыку, умный западный рок, например, Pink Floyd или Led Zeppelin... нет, это все тоже мимо. А вот летом, прошлым, ездил со знакомыми в Приморское...

там серьёзно отравился, говорили, что сальмонелла, три недели в зачуханной больнице... друзья, гады, конечно уехали все домой, а его не выпускали из-за карантина, весь отпуск перес... простите, перегаженный, в полном смысле слова, эти лекарства, промывания, уколы, клизмы... боже, что это я?

Но вот тут Вячик неожиданно понял, что Зиночка внимательно его слушает, почти всем телом повернувшись к нему, и вполне определенный интерес появился в ее теперь уже сосредоточенных глазках... Да, решил продолжать он вдруг так заинтересовавшую ее тему, температура зашкаливает, духота, промывания желудка, знаете, теперь осложнение, сказали, может развиться, и уже развилось, надо лечить...

— Ай-ай-ай, — это Зиночка проговорила совершенно не насмешливо, а серьёзно, выразительно — и на продавленном заднем сидении старого «жигуля» стало гораздо уютнее. — А мы уже приехали. В этот двор, пожалуйста.

Зашли в парадное, Зина поднялась на первую ступеньку:

— Я в детстве, лет в пять, долго-долго болела дизентерией... ужас, — это звучало так, как будто это она всё время рассказывала и продолжает рассказывать о себе, а не Вячик, выпадая из штанов, уже сорок минут пытается завести нормальный разговор. — Меня в изоляторе держали, без родителей, так обидно и горько, но совсем не плакалось... Мне туда книжки, игрушки, цветные карандаши носили, и я там целыми днями сидела на кровати, сейчас бы я, наверно, от такого свихнулась. Иногда эту самую кровать разбирать пыталась — шарики откручивала от спинки. Помню еще окно на пустую грустную улицу и молодого высокого врача в голубой шапочке и халате: он заходил по несколько раз в день, спрашивал о чем-то, шутил. Кто-то из медсестричек всё повторял, что он, мол, в меня влюбился... я совсем не понимала, что это значит.

— А меня маленького часто оставляли у бабушки, там был старый большой двор, много детей. Они меня беспрерывно дразнили, потому что я тогда ходил в своих первых очках — коричневых, круглых, уродливых. Это потом, спустя много лет, круглые очки стали писком моды, потому что Джон Леннон в подобных ходил, а тогда... только выйдешь, уже вопят: «четыре глаза! четыре глаза!»

Больше всего одна белобрысая девчонка старалась. Я отчаялся, не хотел ходить гулять, сидел безвылазно у бабушки на балконе, поглядывая во двор со второго этажа. Ну, а через год увидел эту дуру... в очках с толстенными стеклами, и — честно! — так обрадовался, так обрадовался... Я знаю, что нехорошо этому радоваться, но вспоминаю об этом — и радуюсь. Даже вот сейчас радуюсь...

Вячик замолчал, Зиночка, как бы с пониманием, взяла его под руку, щечку к его плечу поближе придвинула, и они зашагали вверх по лестнице:

— У меня родители — военные... папа, то есть. Мы в этом городе только шесть лет, когда папа демобилизовался, а то по разным городам жили, и я всегда в разные школы ходила. Дети новичков не любят, сильно издеваются...

— И я... Я теперь в школе работаю, учителем, физику преподаю. Не мог найти работу по специальности, пристроили. Сначала так странно было, когда меня Вячеславом Павловичем называли, а потом привык... Только завуч достает, на уроки ко мне всё ходит и ходит. Детки идиотничают, конечно, но что поделать, и к этому тоже привыкнуть можно. Но иногда думаешь: зачем им эта физика, зачем это всё?.. А родители твои... ваши сейчас дома? — опомнился Вячик, вдруг заметив, что они какое-то время уже стоят перед дверью.

— Что вы сказали? А... Не... Родители не здесь живут. Мы здесь с мужем живем, — Зиночка порылась в сумочке, добывая ключ, — он к Гринбергам не любит ходить, говорит, что они слишком сладенькие, сидит дома, какие-то поделки клепает. Спасибо вам большое, что проводили... Вячеслав. Вы обязательно должны лечиться, обещайте мне! Запускать всякие осложнения нельзя, нельзя...

Дверь открылась, мелькнули красные, под кирпич, обои прихожей, а потом, когда Зиночка повернулась к нему, — такой совсем беззащитный пробор в ее тёмных волосах и легонький, бледно-серый взгляд: сначала — быстро, прямо на него, и сразу — куда-то вниз... Вячик только что-то успел промычать в ответ — и дверь захлопнулась.

Больше Вячеслав Павлович к Гринбергам никогда не ходил: они приглашали, а он всё отнекивался. Хотя Гринберги-то причем?

Заноза

Xотя мне ещё не очень много лет, иногда, вспоминая какое-то событие или место, я вдруг с удивлением и некоторым смятением понимаю, что некоторых из тех, кто был со мной *там*, уже нет в живых... А те, кто есть – где они? Где те, кто делил, играя в «ножичка», очерченный кругом кусочек грязной земли старого двора? Ел восхитительную, коричневую со светлыми выпуклостями орехов трубочку мороженого, купленную в «стекляшке» на углу за целых 28 копеек? Дышал рядом в невыносимо потной тесноте июльского трамвая по дороге в провинциальный Дворец культуры, куда «Поющие гитары» привезли на один вечер рок-оперу «Орфей и Эвридика»?

Я не знаю. Попытки описать что-то такое, живущее теперь только в моей голове – жене, детям, новым друзьям – совершенно бессмысленны. Им просто становится скучно. И я вполне понимаю, почему: нет у меня таких слов, чтобы описать воспоминание, имеющее некий четкий смысл для меня, но для всех остальных — совсем незначительное. Неброское. Неяркое. Банальное...

Как передать, например, тягучий сонный летний мир морской слободки старого приморского городка, куда родители много раз привозили нас на лето? Мир, в котором остался запах высохшей морской травы, набитой в хрустящие матрасы. Вкус манной каши с большим куском сливочного масла — это мама подала нам завтрак в круглой беседке, сбитой из деревянных планочек во дворе дома, где мы остановились. Длинный огород, выходящий прямо к морю. Большущий паук с крестом на спине, в паутине, под потолком этой беседки (раньше никогда не приходилось видеть такого!). И тяжёлое солнце, долгими июльскими днями настойчиво давящее курортников к горячему мелкому пляжному песку...

А потом, уже в другой, более поздний приезд: босые, крепко загоревшие ноги и лёгонькие светлые волосы абсолютно недоступной девчонки — соседки наших хозяев. Наверно, ровесница... Совершенно немыслимо даже заговорить с ней. Даже подумать о том, чтобы заговорить с ней...

И как передашь тревожное ощущение своих четырнадцати лет?

Каждое пляжное утро отдыхающие начинали с ритуала сооружения личного шалаша. Все приходили со связкой четырёх аккуратно обструганных палок, которые вбивались в песок, и на них старательно привязывался тент из полосатых простыней. Не помню, возможно, родители послали меня к Лёшкиному шалашу одолжить на пару минут нужный камень для забивания палок? Или Лёшка подошёл посмотреть, как мы с отцом играем под нашим тентом в шахматы на старой, немного примятой картонной доске? А может, наш бадминтонный воланчик упал на их подстилку? Помню только, что, познакомившись, мы сразу и накрепко прилипли друг к другу, счастливые оттого, что здесь наконец-то нашёлся человек, с которым будет совсем не скучно делить размеренное летопровождение. Оказалось, что у нас похоже всё – возраст, любимые Стругацкие и Рей Брэдбери, преподавательские профессии родителей, небольшие квартиры в центре больших соседних промышленных городов, количество братьев и сестёр.

А улыбка у него была такая: вроде бы человек долго-долго ждал чего-то, почти не надеялся найти и вдруг нашел… и улыбнулся.

Как здорово теперь было вместе часами болтаться в мелкой, совершенно спокойной и почти не отличимой от температуры тела морской водичке! А вечером в десятый раз смотреть в душном местном клубе «300 спартанцев» и «Парижские тайны». И секретно обсуждать ту самую соседскую девчонку, к которой никому из нас никак не подойти...

Впрочем, с девчонкой всё решилось просто. Во время нашего вечернего променада по морской слободке один из знакомых «пляжных» мальчишек вдруг подвёл её к нам со словами: «Это – Ирка, она тут хотела с вами познакомиться». Ирка оказалась приветливой простушкой, много и безостановочно тарахтела, и стало понятно, что нам с ней совсем неинтересно.

Однажды Лёшка сильно занозил на пляже ногу, видно, на какую-то щепку наступил. Он долго и тщательно вытаскивал непослушную занозу из ноги, потом сообщил, что срочно идёт домой – обработать ранку. А в ответ на мои умненькие ироничные замечания по этому поводу заявил:

– Отец Маяковского, между прочим, умер оттого, что укололся булавкой, сшивая бумаги... А был крепким человеком, лесником, ходил на медведя в одиночку... Понял?

...Потом мы уезжали домой – в наши разные города, и ещё одно детское летнее знакомство грустно подходило к концу. Мы решили, как это обычно бывает, обменяться адресами и стали записывать их друг другу на клочках какой-то бумаги. Я очень стеснялся своей фамилии, однозначно и бесповоротно открывающей мою принадлежность к «некоренной» национальности. К той самой, которой вроде бы и не существовало в нашей большой советской стране... Но делать было нечего, и я, с чувством падения в пропасть, отдал ему свою бумажку... О, счастье! Совершенно ненашенское окончание «штейн» моей злополучной фамилии вполне соответствовало его «ман»... похоже, мы были одного поля ягодки!

Мне лет пять. Я гуляю с бабушкой по улице Ленина, недалеко от старого трехэтажного дома, где мы тогда жили. Проезжают редкие машины (и это одна из ближайших к центру улиц большего города – сейчас на этом месте просто постоянный затор). Медленно плетется вверх по улице телега старьевщика. Старенькая лошадь тянет, старается, периодически оставляет на дороге пахучие кучки – метит свой нелегкий путь. Старьевщик – лето, а он в телогрейке – придерживает на коленях вожжи и хитровато посматривает по сторонам. Во рту у него белая свистулька от воздушного шарика, время от времени она издает зудящий пронзительный звук...

Толстенные дубы вдоль тротуаров, незаасфальтированные круги серой земли вокруг каждого дерева. Мне всё интересно, и я подолгу разглядываю гигантские корни, уходящие в землю. Мне легко это делать не наклоняясь, потому что я маленький, земля ко мне близко.

Из-под арки дома выскакивают несколько мальчишек постарше – наши соседи по двору. Чумазые, воюют, чем-то бросаются. Баба Люба недовольно поглядывает на них.

– Почему они такие грязные? – спрашиваю я.

– Русские дети... – она поджимает губы.

Я не понимаю ее ответа и, поразмыслив, через какое-то время спрашиваю:

– Это... как?

– Русские, – повторяет баба Люба. Видимо, мне всё уже должно быть ясно, но я по-прежнему не понимаю, что она хочет этим сказать.

– А мы кто?

– А мы – евреи.

Я больше ничего не спрашиваю. Мне уже не до вопросов и не до этих мальчишек.

Я потрясен.

Осенью меня, «домашнего мальчика», почему-то решают «устроить» в детсад. Я покорно иду туда с мамой. Прихожая, одинаковые шкафчики, на дверцах которых намалеваны небольшие цветные картинки. «Этот шкафчик с арбузом – твой», – как-то чересчур радостно и настойчиво говорят мне, и уже сразу хочется домой. Это желание еще больше усиливается от ненавистного мне запаха и вкуса сладких макарон с молоком...

После трех дней посещения этого заведения бабушка и мама застают меня дома, бегающим и прыгающим по дивану с громкой задорной присказкой, смысла которой я не понимаю, но которая нравится мне незнакомым жужжащим словцом:

Жид, жид, жид
По веревочке бежит!

И так – раз сто.

Я слышу, как бабушка твердо говорит маме:

– Чтоб я про этот детский сад больше не слышала!

Мое знакомство с детским садом благополучно заканчивается. Навсегда.

Мне – 12 лет. Я иду записываться в районную детскую библиотеку имени М.Светлова – это недалеко от дома, только проспект перейти. Читать я люблю, дома все книжки уже перечитаны помногу раз, у знакомых и друзей – тоже. В маленькой библиотеке, которая расположена в полуподвале белой кирпичной пятиэтажки, все время очередь. Наконец немолодая библиотекарша за стойкой начинает заполнять на меня формуляр:

– Имя?

Я достаточно громко говорю ей свое имя.

– Фамилия?

Я говорю фамилию. Тише.

– Национальность?

По-моему, меня с интересом слушает вся очередь. Я невольно еще понижаю голос…

Спустя какое-то время отец высмеивает меня:

– Моя знакомая, Полина Давидовна Натансон, которая работает в детской библиотеке, рассказала мне, что ты стеснялся назвать свою национальность, когда пришел записываться?

Много лет мы с Лёшкой регулярно писали друг другу пухлые письма. В них было всё – и жизнь, и стихи, и наши неразделенные влюбленности. Ездили друг к другу на каникулы, по очереди нетерпеливо просиживая тяжкие четыре часа в духоте общего вагона. Щенячья радость встреч, долгие-долгие ночные разговоры… о чем-то важном… бог знает о чем… запах бобинной «Дайны», разогретой от многочасового проигрывания «Beatles For Sale»:

> This happened once before,
> When I came to your door,
> No reply…

С горем пополам мы учили в школе английский и почти не понимали, что они поют, эти

удивительные парни. Только отдельные фразы...
«No reply» – нет ответа... Нет ответа.

И опять лето, мы – студенты второго курса.
Еле-еле я «добил» свою вторую экзаменацион-
ную сессию. В этот раз Лёшка приезжает ко мне.
Я почти не сплю несколько ночей перед его при-
ездом. За полтора часа до поезда прихожу на вокзал, до которого мне от дома – рукой подать.
Слоняюсь по влажному от короткого летнего до-
ждя перрону, подгоняю взглядом черные ажур-
ные стрелки старых вокзальных часов. Наконец
на вокзал неспешно вползает голубой фирмен-
ный поезд из его города.

Мы говорим, говорим не умолкая. Основная
тема, по-прежнему, – «о них»: он, конечно, завидует – у меня уже есть девушка, и я, чувствуя себя
солиднее и удачливее, задираю свой большой
нос. А у него, такого красавчика, так ничего и не
клеится: слишком много сомнений, рассуждений,
слишком мало напора. Девчонки с ним дружат –
гуляют и выходят замуж за других.

В одной из своих прогулок мы оказываемся на
берегу Днепра. Лёшка стоит спиной к реке, опи-
раясь на светло-серый гранитный парапет, мол-
чит, а я что-то оживленно рассказываю и рассказываю, стоя перед ним: продолжаю, честно говоря, здорово хвастать. Вдруг кто-то сильно толкает
меня сзади, да так, что я почти падаю на Лёшку.

Это – местные «пацаны». Самого крепкого из
них я припоминаю – Тарас или Стас – из того
дома, где живет моя девчонка.

– Ты! – начинает он и всё остальное добавляет

«матюгами», – чтоб я тебя... с Люськой больше у нас во дворе не видел, понял?

Я понял: их – пятеро. И сам – не герой, и втягивать Лёшку в эти разборки не хочу. Когда они уходят, я уже совсем не чувствую себя перед ним героем-любовником и замолкаю. А Лёшка наконец потихоньку начинает рассказывать о себе. О прочитанных книгах, о Тарковском, фильмы которого, особенно «Андрея Рублева», он обожает, о живописи...

В 20 лет, во время студенческого туристического похода на лодках по рекам Алтайского края, Лёшка неожиданно заболел тяжелой почечной болезнью. Товарищи подумали, что его сильно покусали комары, и все время шутили по этому поводу. Правда обнаружилась уже дома.

Я приезжал к нему, ходил в больницу, откуда его почти не выпускали. Было страшно видеть его тонкое лицо до неузнаваемости отекшим, похожей оставалась только улыбка. Похожей...

Кто-то знакомый с медициной сказал мне: «он не протянет больше трех лет...». Я очень разозлился на говорившего – как он осмелился такое...?! Да этого просто быть не может!

Ни заботливые родители, ни хорошие врачи, ни лучшие в то время лекарства не смогли спасти Лёшку. Он провалялся в разных больницах своего города чуть больше года – диализ, диализ... опять диализ! – потом родители решились перевезти его в Москву. Он умер осенью в Склифе.

В одном из последних писем Лёшка с обычным юмором описывал свои приключения в больнице перед отъездом в Москву. Оказывается, там он умудрился познакомиться с красивой девчонкой лет восемнадцати. Ее не смутила его болезнь, его вид тяжелого почечного больного... Ее звали Ирой. Она лежала в каком-то другом отделении, кажется, ей вырезали гланды, и вскоре выписали, но она продолжала каждый день навещать его.

К концу тон письма неожиданно менялся:

«Ты знаешь, это всё-таки произошло. В пустом актовом зале. Это так здорово».

Я прилетел в его город, такой знакомый город, и в этот же вечер мы — друзья и какие-то незнакомые мне люди (оказалось, что сотрудники института, где преподавал Лёшкин отец) — встречали самолет из Москвы. Вышли родители — тихие, очень уставшие. Все стояли кучкой посреди зала, долго чего-то ждали, негромко переговариваясь. Не сразу я понял, что ждут, когда из самолета выгрузят гроб — цинковый гроб со стеклянным окошечком на крышке. Я заглянул в окошечко — там был мороз, чужой желтоватый высокий лоб и черные волосы, почему-то зачесанные назад. Мы помогли внести его в какой-то микроавтобус, а дома — поднять по лестницам в квартиру. Поставили на столе в гостиной. Вместе с родителями нас осталось всего несколько человек — самые близкие. Стали отпаивать крышку разогретым утюгом.

— Нужно, переодеть... рубашку и костюм, — сказала Лёшкина мама, — помогите, пожалуйста, приподнять.

— Очень тяжелый, — сказал отец.

Мы переодевали Лёшку — ничего страшнее в моей жизни никогда не было. Дай бог, не будет. Говорили по-прежнему тихо, междометиями...

— Какой же ты холодненький, Лёшенька! — вдруг зашлась в крике мама...

Утро похорон было дождливое. Во дворе большой сталинки собралась толпа, высокий Лёшкин папа, сгорбившись, косо держал над гробом зонтик. Я обнаружил стоящую рядом со мной симпатичную заплаканную девушку и поймал себя на том, что разглядываю сбоку ее лёгонькие светлые волосы, покрасневшие веки и пухлые губки... и немного улыбаюсь... Да как же я могу?! В такой момент! Я даже незаметно посмотрел по сторонам — не увидел ли кто эту ужасную мою улыбку? Преступную улыбку? Слава богу, вроде бы, никто...

Нет старых дубов на улице Ленина, вместо них уже давно посадили молоденькие клены. И клены эти успели вырасти. И чтобы увидеть что-то на земле, мне нужно не просто наклониться — мне нужно стать на колени на эту землю. Впрочем, это уже совсем другая земля — далеко-далеко от старого дома (его снесли в девяностых), чумазых русских мальчишек, библиотеки имени М.Светлова и сладких макарон с молоком. Жена у меня — русская, сыновья не только говорят, но и думают по-английски, и никому нет особого дела до моей фамилии и национальности — да мало ли разных фамилий и национальностей на свете?

А я... мне ещё не очень много лет, но иногда,

вспоминая какое-то событие или место, я вдруг с удивлением и некоторым смятением понимаю, что некоторых из тех, кто был со мной там, уже нет в живых. Только саднит и саднит вросшая, назойливая заноза моей памяти. И уже никак эту занозу не вытащить — пока думается и помнится... Пока живой.

Очерки

Чикагские менты

Впечатления обывателя

В обеденный перерыв часто гуляю в ближайшем лесопарке по асфальтовым дорожкам среди газонов и прудов. Однажды мне навстречу по дорожке движется полицейский «форд»: такое патрулирование – дело, в общем-то, обычное. Машина широкая, нам с ней не разойтись. Я, естественно, схожу в сторону, на травку – это ведь Власть, да ещё и на транспорте, движется мне навстречу…

Синонимом русского сленгового «мент» в Америке является слово «коп». «Коп» – это жаргонный термин, используемый для названия полиции, констеблей, шерифов, сотрудников исправительных учреждений и других правоохранительных органов. Подобное использование слова «коп», вероятно, произошло от английского глагола «cop», что означает «поймать, застать, захватить», или от слова «copper» (медь), так как бляхи шерифов в некоторых городах и пуговицы старой полицейской формы были когда-то сделаны из меди.

В Чикаго нет специальной дорожной полиции. Патрульный полицейский – универсал. Он следит за порядком на улицах и на дорогах. Разбирается с семейными дрязгами и ловит торговцев наркотиками. Мчится по вызову на место аварии и приезжает в магазины, где поймали воришек-покупателей. Если ваша машина застряла на перекрестке, он появится довольно быстро, вызовет автослесаря и «эвакуатор» из ближайшей мастерской, но вначале сам попробует вам помочь. Например, полицейские нередко помогают открыть машину тому, кто по рассеянности забыл в ней ключи и двери захлопнул. Вашу машину полицейские почти никогда не остановят просто так – как в России, «для проверки документов». Для этого должны быть достаточно серьезные причины – нарушение правил, особенно превышение скорости, подозрительное поведение и тому подобное. Один раз на скоростной дороге меня остановил полицейский – признаю, правильно сделал – вечером праздничного дня (День независимости, 4 июля) потому, что, заговорившись с женой, я забыл включить фары (габаритные огни работали). «Коп» пообщался со мной через окно и, убедившись по моей речи, что я не пьян, отпустил, слегка пожурив за забывчивость.

Одно из моих первых американских впечатлений: два десятка полицейских, гордо и весело гарцующих на холеных лошадях во время ежегодного городского чикагского парада... геев и лесбиянок. К тому же с каким-то «начальником» во главе и большим транспарантом «Департамент Чикагской Полиции». Многочисленная публика, глазевшая на парад по обеим сторонам центральных улиц, радостно приветствовала их. «И что, эти — тоже?..» — несколько растерянно спросил я у своего попутчика, эмигранта с многолетним стажем. «А то как же!» — хитро улыбнулся он...

Но не следует думать, что встречи с этими парнями приятны. «Силовики» — были, есть и будут силовиками. И, находясь «при исполнении», при всей своей учтивости, держат строгую дистанцию — фамильярностей ни вам, ни себе не позволяют. Сантиментов — тоже. И, конечно, всегда обидно, когда останавливают нашего брата за превышение скорости (ну, всего ж чуть-чуть, каких-то там пять-шесть миль больше, чем положено... торопился, понимаете, на работу... и вообще — все так ехали!) и вручают штрафной «билет», эдак на сотню-другую долларов... Но не вздумайте предложить патрульному взятку — это может закончиться для вас тюрьмой. Полицейскому ваша унизительная взятка не нужна, он получает не очень большую, но вполне достойную зарплату, а кроме того, хорошо застрахован — и он, и его семья — на случай болезни или, не дай бог, гибели. А это в Америке даже важнее зарплаты. И главное: похоже, что полицейский сам верит в закон, действительно уважает и выполняет его — по-настоящему, не понарошку...

Процесс же оплаты штрафа непрост. За нарушение у вас сразу же забирают права (вместо прав можно предложить полицейскому членскую карточку специального автоклуба, если такая у вас есть, тогда автоклуб выступает вашим поручителем, и права остаются при вас, но от этого ненамного легче – платить все равно будет нужно). А в штрафном билете вам демократически предлагается самостоятельно выбрать себе наказание, обычно из трех вариантов:

1) признать себя виновным и заплатить весьма ощутимую сумму (чеком, по почте);

2) заплатить еще большую сумму и пойти на 4-8 часов (в зависимости от тяжести вашего нарушения) в автошколу, повторять правила дорожного движения;

3) не признать себя виновным и требовать рассмотрения дела в суде.

Первый, вроде бы самый простой вариант – заплатить деньги и никуда не ходить – на деле оказывается самым плохим. Если вы просто заплатите штраф, запись о вашем нарушении идет в водительскую компьютерную базу данных, к которой имеют доступ страховые компании, и сумма страховки на вашу машину становится астрономической (так как вы теперь признаны нарушителем, а следовательно, плохим водителем, с повышенной степенью риска для страховщиков). Причем эта запись остается в вашем деле на долгих три года. При выборе второго варианта – пойти в школу – нарушение с вас снимают и вашей страховке ничего не грозит, но за штраф вы платите больше и теряете время на прослушивание лекций. Третий вариант – суд – самый интересный для любителей адреналина, почти что азартная игра. Дело в том, что по закону свидетелем вашего нарушения является тот самый полицейский, который выписал штраф. И если в суд по каким-то причинам он не пришел (это бывает частенько, «копы» – занятые люди), а вы себя виноватым не признаете, то вас... просто отпускают без наказания. И платить ничего не нужно, и права возвращают тут же. Вот лафа, скажете вы! Ну, это на любителя, стоять перед судом тоже не каждому приятно, да и появиться «ваш» полицейский все-таки может в зале суда. И тогда получите своё по полной программе – и штраф, и судебные издержки...

Про «копов» любят шутить, главная тема – полицейская нерасторопность, впрочем, шутки и анекдоты, в общем-то, не злые. Самая распространенная из шуток: подтрунивание над якобы любимым полицейским лакомством – очень сладкими и очень жирными пончиками «донатс». Завидев полицейскую машину, летящую по улице с мелькающими сигнальными маячками и оглушительной сиреной, американец сначала быстро и безропотно примет вправо, к обочине, или просто остановится, чтобы пропустить полицию, а потом, вполне возможно, ехидно скажет: «Наверно, свежие пончики в булочную привезли...»

После трех лет жизни в Америке мы, по примеру других русских эмигрантов, решили переехать из города в пригород — спокойный, чистый, просторный, с хорошими школами. В семье у нас подрастал младший сын и, в первую очередь, нужно было думать о его безопасности и качестве образования. Небольшой таунхаус, купленный в кредит в одном из чикагских пригородов, вполне соответствовал нашим чаяниям. А то, что на работу приходилось ездить неблизко, так это для здешней жизни — норма. Все на колесах, помногу часов каждый день...

Вскоре, к сожалению, мы обнаружили, что не все в порядке в нашей новой обители. По утрам на большой деревянной веранде, пристроенной к нашему дому с заднего двора, стали появляться в немалом количестве разбитые яйца... следовательно — мухи, запах, грязь. Нетрудно было догадаться, откуда яйца попадают к нам во двор: скорее всего, ночами балуется великовозрастный детина из соседской семьи, проверяет нас, новоприбывших, на прочность. При этом гаденыш нарочито приветливо здоровается с нами при встрече на улице.

Решились заявить в полицию. Полицейский прибыл на следующий день, полюбовался на следы «преступления», с серьёзным видом подтвердил, что всё это неприятно (как будто мы без него этого не знали), предположил, как и мы, вину того же самого персонажа — и ушел... А разбитые яйца продолжали появляться на веранде с тем же постоянством, особенно после того, как мы старательно убирали всю эту дрянь, смывая водой из садового шланга. Мы продолжали звонить в полицию, наш знакомый патрульный приезжал еще пару раз – с таким же результатом. Он, правда, проинформировал нас, что уже беседовал с нашим юным соседом и что тот вообще на контроле у полиции за причастность к наркотикам и хулиганству, но доказать его вину полиция в нашем случае, мол, не может. Вот если б вы видели, как милый юноша это делает, тогда...

После такого рассказа мы всерьёз испугались: когда наш сынишка возвращается днем из школы, дома никого нет. Школьный автобус, конечно, подвозит его прямо ко двору, но дверь-то он открывает сам, и вокруг обычно нет ни души – все на работе. А что, если этот самый хулиганистый соседский подросток перейдет с подбрасывания продуктов на прямые действия – испугает или ударит малыша? Вот тебе и спокойная жизнь! И полиция, получается, ничего не хочет делать?

Короче говоря, пришлось решать вопрос самим, пойти на хитрость (ну прямо, как на родине, где, к сожалению, привыкли надеяться только на себя). Я завел с вредным парнем разговор на улице, возле его дома, и, как бы между прочим рассказав о проблеме (вот кто-то нехорошо шалит у нас на заднем дворе – кто бы это мог быть, не знаешь?), сообщил, что установил с помощью полиции систему наблюдения и ночного видения, и если кто-то попадется, тому не поздоровится...

Полеты яиц прекратились навсегда. А вскоре нашего молодого соседа забрали – и надолго. Видимо, за те дела, которые полиция посчитала более серьезными нарушениями и смогла это доказать. Он и поныне там.

Что ж, хорошо – что хорошо кончается, и будем считать вышеописанное мелкой и нехарактерной проблемой, случившейся с одной отдельно взятой, недавно приехавшей в страну семьей, не совсем тогда понимавшей английский язык и местный менталитет, ведь проблема, по сути, не стоила выеденного яйца (буквально, разбитых яиц).

В огромном, 10-миллионном современном мегаполисе, каким является Большой Чикаго (город Чикаго и многочисленные пригороды – бывшие городки и деревушки Иллинойса), правонарушения, безусловно, есть. Как не быть в таком вареве из множества национальностей, различий в воспитании, темпераменте, доходе, культуре? Вон с каким удовольствием описывают в программах теленовостей нападения на банки, стрельбу в студенческих кампусах и в магазинах! Однако рядовому обывателю преступность обычно не видна, особенно в пригородах: машины и двери домов не запирают, воровство практически отсутствует, пьяных – нет, с хулиганами – к счастью! – встречаешься крайне редко. Этому способствуют многие положительные общественные факторы, но, что ни говори, в этом и неоспоримая заслуга полиции – не всегда заметная, ежедневная, нелегкая работа... Круглосуточное, очень частое (!) патрулирование по всем улицам, дворам, паркам и торговым центрам, но больше всего – в потенциально криминогенных местах, возле крупных рентных домов, где проживают относительно малоимущие (чернокожее и латиноамериканское население). Проезжая мимо таких мест, действительно постоянно видишь одного или двух патрульных (кстати, многие полицейские офицеры — женщины), долго и как бы мирно беседующих с обитателями, зачастую — с подростками. Неслучайно отделения полиции во многих городах расположены прямо по соседству с большими «высшими» школами — в таких с восьмого по двенадцатый класс учатся по несколько тысяч детей. Но и у каждой небольшой начальной или средней школы обязательно все время дежурит полиция. И приятно, и забавно видеть, как в любую погоду, перед началом занятий и после их окончания, на каждом, даже самом маленьком перекрестке, вокруг школ непременно стоят в специальных, ярко-желтых жилетах волонтеры и полицейские, переводят детей и подростков группами через дорогу, с особой, даже нарочитой четкостью выполняя свои функции.

...В обеденный перерыв я часто гуляю в ближайшем лесопарке по асфальтовым дорожкам среди газонов и прудов. Однажды мне навстречу по дорожке движется полицейский «форд»: такое патрулирование, как известно, дело обычное. Машина широкая, нам с ней не разойтись. Я, естественно, схожу в сторону, на травку — это ведь Власть, да ещё и на транспорте, движется мне навстречу. С удивлением замечаю, что громоздкая черно-белая машина съезжает на травку тоже, уступая дорогу... мне. Мне ли? Оглядываюсь и убеждаюсь, что никого на дорожке вблизи нет, так что этот маневр патрульный делает именно из-за меня! Я возвращаюсь на дорожку, гордо продолжаю свою прогулку, и, несколько обнаглев, даже руку приветственно поднимаю, поравнявшись с машиной. Полицейский в черной форме и черных очках тоже приветствует меня. Выходит, здесь главный – я?..

«Орлёнок» на американском газоне

Заметки не по существу

На аккуратном, коротко подстриженном газоне между моим и соседним домом уже третий день лежит, беззаботно развалившись в весенней травке, отличный новый велосипед – что-то типа «Орлёнка» из моего далёкого детства, только намного лучше. Даже издалека я вижу сияющий руль, шикарные фары и толстые «зубастые» шины, ярко раскрашенные в малиновый цвет. Кто-то из соседских детей оставил его тут, видимо, даже не задумываясь.

Интересно, думаю я, как долго пролежал бы такой навороченный «велик», забытый где-нибудь на общественной травке, ну, скажем, в Полтаве или Ярославле? Час? Два? Вряд ли... Но этот-то лежит не там, на родных просторах, а здесь – на американском газоне, в пригороде Чикаго... на Чикагщине, так сказать.

И мы – здесь... И стало нас довольно много.

Практически везде, даже в самых неожиданных местах американской глубинки можно теперь услышать родную речь. И сказать громко, по-русски, что-то приватное своим попутчикам тоже уже не получится — может оказаться, что и окружающие тебя поймут...

Сидим с друзьями в крошечном летнем кафе, едим мороженое. Одна очень разговорчивая женщина из нашей компании громко и смешно рассказывает про грязевой курорт, недавно открытый какими-то предприимчивыми русскими на озере во Флориде. Все столики пусты, но во время рассказа за соседний с нами столик, за спиной рассказчицы, садится немолодой человек, типичный американец, в потёртой «джинсе» и бейсбольной кепке, и тоже угощается каким-то пирожным. Из рассказа получается, что этот курорт, куда наша знакомая случайно заехала во время своего путешествия, — сплошная профанация, рассчитанная только на пожилых русских (у американцев грязелечение не популярно), и пользы от него никакой. Однако наши бабушки и дедушки, привлечённые рекламой в русскоязычных средствах массовой информации, приезжают за немалые деньги в пансионат, верят в целебную силу не очень чистого озерца, и, степенно прогуливаясь вокруг этой лужи («ну, как в Карловых Варах»), обсуждают свои грустные стариковские проблемы — сна и регулярного стула: «А как вы спали? А вы сегодня покакали?»...

На этих словах мужчина за спиной нашей

рассказчицы неожиданно резко срывается с места, в сердцах выбрасывает остатки своего пирожного в урну и по-русски возмущается: «Фу, вы со своими россказнями даже поесть не даёте!»...

Висконсин – сельскохозяйственный штат, соседний промышленному Иллинойсу: замечательные леса, холмы, чудные озёра, быстрые чистые реки. Множество уникальных парков развлечений. Особенно городишко Висконсин Дэллс – местная туристическая Мекка. Вместе с друзьями, семьёй гостей из Союза, мы заходим в один из местных сувенирных магазинчиков. Чего здесь только нет! Безделушки фривольного содержания, футболки, с якобы индейской символикой, шляпы...

Друзья выбирают симпатичную двойную солонку – каждая солонка представляет собой половинку глянцевой задницы обнажённой керамической дамы. Мы громко обсуждаем достоинства – и солонки, и дамы. У кассы мой приятель, не говорящий по-английски, оборачивается ко мне с кредитной карточкой в руке и спрашивает:

– А этим можно?.. – имея в виду, можно ли заплатить здесь кредитной карточкой.

– Можно и этим, – неожиданно по-русски отвечает за меня молоденькая белокурая продавщица за стойкой.

Мы знакомимся. Оказывается, девушка – студентка из Полтавы – приехала поработать сюда на лето. Она объясняет пожилой хозяйке магазинчика, что покупатели (то есть, мы) – её соотечественники, и хозяйка сразу снижает цену. Затем они долго и тщательно упаковывают каждую половинку керамической попы...

Новоприбывшему в Штаты поначалу кажется, что американцы должны с восторгом и удивлением воспринимать тот факт, что он приехал из России. Но оказывается, что всем, в общем-то, на это совершенно наплевать, и для них мы ничем не отличаемся от сотен других национальностей, правдами и неправдами рвущихся в Новый Свет.

— Как же так, — думает новоприбывший, — ведь я же приехал с шестой части земли, с гордым названием... и всё такое? Почему никому не интересно? Ведь это же у нас был почти коммунизм, Ленин, ГУЛАГ, Сибирь и бесплатная медицина! И мы же были с вами закадычными врагами в холодной войне! И мы так любили ваши «Левайсы»! И группу «Кридэнс»!..

Ничего не помогает. Не удивляются они. Разве что иногда, да и то из-за своей пресловутой американской вежливости... Россия вообще рядовым американцам до лампочки (как и все другие страны), и вовсе не мечтают они покорить и завоевать кого-то, что регулярно слышишь от людей у нас на родине. Их гораздо больше интересуют результаты последнего бейсбольного матча любимой команды (причём одинаково — и мужчин, и женщин) и цены на бензин. Ну, может, капиталисты там и олигархи разные об этом как-то думают, но на то они и капиталисты. Видимо, и русские капиталисты не меньше американских мечтают о мировом господстве — и в этом-то их нормальная капиталистическая суть.

И ещё совершенно не знают аборигены вещей,

близких русскому человеку с детства: например, романов «выдающегося американского писателя» Майн Рида – ну, нет в Америке такого писателя! Ни книг, ни упоминаний... Так же как никто не знает Дина Рида... Ну, ещё понятно, что не известен им луковый революционер Чипполино, но почему любимого нами милашку Карлсона шведки Астрид Линдгрен они тоже не знают? А вот её же Пеппи Длинный Чулок – пожалуйста! И книжки, и мультики…

Правда, библиотеки есть в каждом районе, в каждом городишке – и в них постоянно полно народу. Огромные, великолепно оборудованные, с игровыми залами для малышей, с тысячами и тысячами книг, популярных у них, но о которых мы и не слышали... и среди которых совсем немного знакомых нам по переводам имён... как оказалось. Книги, фильмы, CD и DVD всем выдают бесплатно, в том числе – и на русском языке... И тогда понимаешь, что совсем мы не самая читающая нация в мире, увы!

...И работают они совсем не по-нашенски. Нет, не то, чтобы хорошо – халтуры и у них хватает (взять хотя бы не очень высокое качество американского автопрома, по сравнению с японским, например). Но что это за манера работать с отпуском продолжительностью всего в одну неделю и с пятью праздничными выходными днями в год?! И если придёшь немного с бодуна, даже домой не отпустят, скорее уволят... Мои американские коллеги смотрели на меня, как на сумасшедшего, когда я рассказывал об отпусках и праздниках в России и Украине – помногу дней подряд. Пришлось прекратить крамольные речи, пока начальство не заинтересовалось...

А вот социалистическое понятие «Лучший работник месяца» – здесь есть! И называют имя такого ударника капиталистического труда на рабочем собрании, и грамоту дают, настоящую, как когда-то у нас, даже лучше – в красивой рамочке, сразу вешай на стену и гордись! Правда, и тут своя специфика – иногда для таких ударников труда выделяют ещё особое место на парковке, прямо перед входом в компанию, и даже на парковочной табличке пишут: «Для лучшего работника». Вот это да! Обалденное поощрение. А вы говорите, страна развитого капитализма...

Как-то после многих лет жизни в Штатах мы с женой задумались: а почему, собственно, мы остались здесь жить, получили американское гражданство, купили жильё, влезли в многочисленные кредиты? Ведь когда приехали, мы вроде вовсе и не собирались оставаться тут навсегда. Может, потому, что здесь можно реально заработать много денег, получить супер престижную профессию или должность, купить огромный дом, повидать карибский рай многозвездочных отелей и круизов, полюбоваться китами на Аляске, увидеть успехи детей в американских колледжах и бизнес-школах? Это всё, конечно, здорово, но теперь уже и на родине немало зажиточных, достигших успеха людей, иногда такие встречаются даже среди однокашников и старых знакомых. И разве всё складывалось на новой земле так уж беспроблемно и замечательно? Да нет же. И проблем было (и есть) полным-полно, и язык этот английский в голову не лезет, и на душе вдали от родины совсем не легко, особенно, если учесть, что дома остались родители и друзья, и нужно немало денег и почти целые сутки, чтобы до них долететь – повидать, хотя бы поговорить по-человечески, а не телефону...

Но вот что всплыло внутри нас в результате долгого самокопания: ощущение здешней свободы от ежедневного, подчас ежеминутного, унижения, столь знакомого на наших постсоветских улицах, во дворах, в магазинах, в транспорте, на работе...

Унижение... На нашей общей родине ты как-то даже не отдаёшь себе отчёт, что этот «дорогой» сердцу атрибут русской (украинской, белорусской...) жизни всегда с тобой. Вроде бы и денег заработал немало, и одеться постарался как все, в турецкие (или китайские) шмотки, может, и бизнес свой открыл, и даже машину купил, а вот унижение – продолжается и продолжается. Причем дело не в том, что кто-то конкретный унижает кого-то конкретного. Нет. Просто все унижают всех. Потому что так привыкли. А разбитые дороги и грязные улицы унижают и нищих, и миллионеров в одинаковой степени. И, давая взятку, ты унижаешь и себя, и того, кому даешь. И мусор в 10 метрах от открытого шикарного кафе, непосредственно перед которым, конечно, всё убрано и выложено аккуратной плиточкой (как в «парижах» и «лондонах»), унижает и богатого хозяина этого кафе, и обычных людей – его посетителей.

И… и… и… А главное унижение – в том, что совершенно нереально с этим бороться…

Мы думаем, что именно это удержало нас от возвращения (ни в коем случае, не говорю от имени других «наших», живущих в Америке – у каждого, конечно, свои причины)…

Когда мы приехали в Штаты, нашему младшему сыну было шесть лет, сейчас – семнадцать, он заканчивает школу. Хотя большинство таких детей вообще не хотят говорить на русском, наш свободно говорит на двух языках. Родным, однако, считает английский. Безусловно, двуязычие это не произошло само по себе – это был непростой труд со стороны всей нашей семьи. Мы всегда общались и общаемся с ним только на «великом и могучем», в детстве читали ему (и он сам прочёл) немало русских книг, а сейчас вместе смотрим советское и российское кино. Пусть реже, чем голливудское, но всё же смотрим. При этом советские реалии частенько приходилось растолковывать. Иногда, даже и самим удивительно, что ему многие, исключительно «наши» вещи, становятся понятными, и даже нравятся. Это при давлении тотально окружающей англоязычной культуры!

Недавно, самостоятельно увлёкшись группой «Ленинград» и «закачав» их музыку из Интернета на свой цифровой плеер, сын приходит ко мне со списком отборных ругательств из песен Сергея Шнурова – в английской транскрипции… При этом невинно зачитывает отборные «матюги», смешно коверкая ударения. Он эти слова, конечно, в доме никогда не слышал, а их английский эквивалент — куда как беднее, и по количеству, и по нюансам... Мы с женой — в ужасе! «Ну, вот, — говорит жена, — мы увезли его сюда для того, чтобы он этих слов не знал — они нас здесь достали». А что поделать — из песни слов не выкинешь: пришлось как-то объяснить значение. Вот и сейчас из его комнаты доносится шнуровское, задиристо-хриплое «ты — баскервильская сука!»...

Я разговариваю по телефону с Украиной и опять посматриваю со своей деревянной веранды на оставленный кем-то «велик»...

— Почему ты не пишешь мне так долго по электронке? — спрашиваю я своего друга. — И дозвониться к тебе я не мог целую неделю!!!

— Понимаешь, — виновато отвечает трубка его голосом, — кабель тут у нас украли... Отрезали в подвале, весь девятиэтажный дом сидел без телефона. Вот только сегодня восстановили...

Семён Каминский — прозаик, журналист, член Международной федерации русских писателей. Родился в 1954 году в городе Днепропетровске. Образование высшее техническое и среднее музыкальное. Работал преподавателем, руководителем юношеского фольклорного ансамбля, менеджером рок-группы, директором подросткового клуба и рекламного агентства, режиссером и продюсером телевизионных программ, редактором, программистом. Автор двух книг. Публиковался в периодических изданиях в России, Украине, США, Канаде, Израиле, Германии, Дании и Финляндии, в том числе в журналах «День и ночь», «Новый берег», «Время и место», «Северная Аврора», «LiteraruS», «Ковчег», «Эдита» и многих других. В настоящее время живёт в Чикаго.

Андрей Рабодзеенко — чикагский художник и скульптор. Родился во Фрунзе, вырос в Ташкенте. Учился вТашкентском Республиканском Художественном Училище им. П.П. Бенькова, потом - в «мухе», Ленинградском Высшем Художественно-Промышленном Училище им. В.И. Мухиной. Приехал в США в 1991. Участник американских и международных выставок. Многие живописные, графические и скульптурные работы художника находятся в частных и публичных коллекциях Европы и Соединенных Штатов Америки.

Семён Каминский
«Орлёнок»
на американском газоне

Рассказы и очерки
с рисунками
Андрея Рабодзеенко

Издание второе, дополненное

Издательство
Insignificant Books,
Chicago, Illinois, USA
info@insignificantrecords.com

Редакторы
Татьяна Китаева
Михаил Блехман

Авторы благодарят за помощь и поддержку
Анатолия Багрий, Александра Снитко,
Дмитрия, Евгения и Наталью Гольдштейн,
Сергея Косянчука, Дженнифер Рабодзеенко

«Неразрывная ностальгическая связь с советским прошлым пронизывает большинство рассказов и очерков Семёна Каминского, прозаика, журналиста, постоянного автора санкт-петербургских, одесских, киевских и других альманахов и журналов. Его рассказы и очерки изящны и ненавязчивы, как и рисунки к ним Андрея Рабодзеенко».

Александр Яковлев, писатель, журналист,
«Литературная Газета», г. Москва

«Тёплая, добрая ностальгия по детству, юности, молодости, оставшихся в «той» жизни. В той жизни, без которой не было бы «этой». «Этой», которая хороша и сама по себе, а ещё и тем, что автор принёс в неё «оттуда» свои детство, и юность, и молодость».

Михаил Блехман, писатель,
г. Монреаль, Канада
(в «той» жизни - г. Харьков, СССР, Украина)

«А рассказы ваши мне действительно очень понравились. Написано мастерски, психологически очень точно и достоверно. Я просто поражаюсь: наши книжные магазины забиты до отказа новомодными книжками, но в них нет и десятой доли того, что есть в ваших рассказах. Однако, ваших книг я не вижу. И это очень и очень печально. Почему это так? Я не знаю».

Александр Лаптев,
член союза писателей России,
г. Иркутск

«Книжку хочется держать в руках, хочется «окунаться в рисунки», и, самое главное - не хочется расставаться с ее автором... В искусство никого не приглашают. Это не место для церемоний. Пришел - готовься к мордобою. Умей себя отстоять. Вам, как и вашему герою-очкарику, это удается. Хотя отбиваетесь не кулаками, а обаянием. Вот, пожалуй, самое верное слово для вашей книжки - обаяние. Я даже позавидовал, что сам не обладаю таким».

Наум Брод, писатель, драматург,
г. Москва

www.ingramcontent.com/pod-product-compliance
Lightning Source LLC
Chambersburg PA
CBHW060810120626
46557CB00001B/151